くらし安心支援室は人材募集中
オーダーメイドのおまじない

雪村花菜

富士見L文庫

contents

プロローグ 008

エピローグ 216

あとがき 221

——この本を、N・Sより辻村《つじむら》みゆきに捧《ささ》げる。

目次

合法的に大金が手に入るおまじない 草加 要 …… 4

職場のお局が男に騙されて退職するおまじない 勝池 樹里 …… 5

おばあちゃんが長生きするおまじない 緑川 尊 …… 8

ライバルが悔しがりながら自分の負けを認めるおまじない 升野 主税 …… 9

意中の人の心を掴むおまじない 二宮 奈華 …… 12

欲しい資料が見つかりやすくなるおまじない 辻村 みゆき …… 13

最近悩んでいる。

そんなときにある本が、目前にあったとする。

落ちついた赤い色の革で包まれたそれは、天地と小口に金箔《きんぱく》が貼られているいわゆる三《さん》方金《ぼうきん》が施されている。サイズこそ文庫本くらいと小さいが、間違いなく手間暇かけて製本されたものだ。

表紙を開いた人間は、最初のページに自分の名前があるのに驚く。そしてページをめくり、目次に書かれたおまじないにまた驚く。それは自分が心底欲しているものだから。

そうなるともう、そのおまじないの下にまた自分の名前が書かれていることは気にならない。そんな派手な本が、いつの間にか自分の部屋にあったことも。該当するページを開き、実行せずにはいられない。そういうふうになっている。

この本は狙った人間に対し、表紙を開くように静かにアピールしてくる。これを防ぐことができるのは、特殊な力を持っている人間だ。

あるいは、ちょっと特殊なトラウマを持っている人間でも可。

プロローグ

たとえ、オカルトとかホラーとか都市伝説とか……相手次第では「口にしたら警戒されがち」な分野を扱う業界で働いていても、寒い日はトイレが近くなるし、温かい飲み物が欲しくなるもんである。

——マグカップ、先にお湯入れて温めたほうがいいかな。

本日朝のコーヒー当番だったみゆきは、そんなことを思いながら、出勤するメンバー分のカップを棚から取り出しはじめる。

北の地は三月に入ってもまだ寒い。雪はまだまだ自分の出番とばかりに降っていて、来月になったら本当に春らしくなっているのか？　と疑ってしまうほど外には冬景色が広がる時分だ。

今日は晴れてはいたものの、ここ一週間の中でもことのほか冷える朝だった。しかも勤務開始直後で、暖房がまだ効ききっていない。一晩でじっくり冷えたマグカップは手に持つとひやりと冷たかった。

ふちから白い釉薬《ゆうやく》がたらりと溶けているいびつな形は、室長の。

目が覚めるような黄色で、真ん中のあたりが少しくびれているのは、みゆきと一番年が近い小野《おの》さんの。

全体的に黒く、わかりやすくなにかのノベルティっぽいロゴが入っているのは、爽《さわ》やかな眼鏡イケメン風な早坂《はやさか》さんの。

本物のイケメン・峯《みね》さんは本日外勤なので、上から見るとハートの形をしためちゃくちゃ洗いにくそうなカップは必要ない。なおこのカップは、同棲《どうせい》中の彼女とお揃《そろ》いで買ったという、見た目どおりの属性が付与されている代物だ。

あとは……。

「うーん……」

「辻村《つじむら》さん、なんか困ってる？」

給湯スペースの冷蔵庫に弁当とマイドレッシングを入れにきた小野が、声をかけてくる。

人数が少ないせいで、ここの冷蔵庫はかなり自由度が高い。室長なんかはマイカルピスを常備している。ちょっと健康が心配になるくらい甘党な彼は、濃いめに作るのがお好きである。

「今日、香坂《こうさか》さん、ちょっと遅れそうだって連絡あったんで、コーヒー後で準備したほうがいいかなって」

「大丈夫だよ〜、手間でしょ」

太っているわけではないのに、輪郭も目も雰囲気も全体的に丸いイメージの小野はにこりと笑う。今日はハーフアップにしているセミロングの髪が、顔の動きに合わせてふわりと揺れた。

「それに香坂さんは、冷めてても気にしないでレンチンする人でしょ」

「確かにそうでした」

みゆきは頷《うなず》き、赤地にでっかく「A」と書かれたマグカップを、棚から取り出した。

「どうぞ」

「ありがとう」

最初に室長にコーヒーを渡し、次に……と動こうとしたところで、室長に呼びとめられた。

「はい？　お砂糖切らしてましたか？」

「大丈夫大丈夫、それはある」

彼は自分のデスクに、自分用のミルクポーションと砂糖を常備している。

「辻村さん、今作ってるリスト、来週で終わるんだったよね」

「はい」

「じゃあね、それ終わったら、来年度のスカウト用のパワポ作り直してくれる？」

「あ、はい。データどこにありますか？」

「香坂さん。来たらもらっ……」

「おはようッ！　ございますッ！」

室長の語尾をかき消すような勢いでドアを開けた人物は、くるぶしまでありそうなベンチコートに手袋、ぐるぐる巻いたマフラー、耳当てつきの帽子……とここまでならば、ものすごく寒がりな人の防寒対策であり、この時季出歩いていてもそこまで目立たない。これに加えてマスクというのも別に問題ない。風邪やインフルエンザ予防は大事だから。しかしここにでっかいゴーグル……ときた。外見を総合的に見て完全に不審者。露出している箇所が一箇所もない。

「香坂さん来たから、彼女、手が空いたらもらって」

「はい」

けれども正体を知っているみゆきと室長は、落ちつきはらって話をまとめると、声を合わせて「おはようございます」と返した。

そしてみゆきはこう付けくわえる。

「あ、香坂さんのパソコン、勤怠ページ開いたんで、打刻と遅刻の申請どうぞ」

彼女の遅参にもうすっかり慣れているみゆきは、彼女のパソコンを起動して勤怠管理用のウェブページを開いておいてやっていた。あとは香坂がＩＤとパスワードを入力すればいい、というところまで準備している。

「助かるわ～！」

みゆきの言葉を聞くやいなや、香坂は不審者スタイルのまま自分のデスクに飛びつく。みゆきは邪魔にならないように、それでいて彼女の腕がぶつかっておっこちないように、位置を考えながら香坂のマグカップを置いた。

みゆきが全員のマグカップを配り終え、お盆を戻して給湯スペースから出たところで、香坂が脱力したように背もたれに身を預けた。

「は～、一時間だけで済んだ……」

「お疲れさまです」

隣のデスクに座りながら言うと、香坂が「辻村さん、ありがと」と言いながら、帽子を脱いだ。

ワンレンショートヘアは、さすがに脱いだ直後は多少乱れているが、少し頭を振っただけで整う硬質なストレートだ。

肌の色はどこまでも白いが、今日はSPFとかPAとかが市販とは桁《けた》違いな数値の日焼け止めをこってりと塗りこんでいるからだということを、みゆきはわかっている。もちろんそんなものなくても、素肌が真っ白いことも知っている。室内だというのにサングラスは今も外さないが、その目が今日は赤いこともみゆきは知っていた。

見た目は二十四、五歳。みゆきや小野と同年代に見えるが、ルージュの発色からして使っているのは明らかにお高いコスメ。大小様々なボタンを全身にあしらったスーツという服装はちょっと趣味が尖《とが》っているものの、お洒落《しゃれ》なマダムというデザイン。

全体の印象がちぐはぐであるが、それもそのはずこの香坂、実年齢は還暦近くてみゆきより年上のお子さんもいる。つまり実体は、ホントにお洒落なマダム。

これは若作りとか度を超えた童顔だとかのせいではなく、吸血鬼の血を引いているせいだ。みゆきが最初に聞いたときは、なんとなくロマンとサスペンスを感じたものだったが、実態はけっこう残念な感じというか、気の毒な感じである。

なんせ月の半分は若い姿なせいで、店で身分証明書の提示を求められたときに、顔写真入りのものは出せないことが多いとか、吸血鬼としての血が特に強く出た日は鏡に姿が映らなくて身支度もままならないのに、日焼け対策は全身しっかりしなくちゃいけないとか……そう、今日みたいに。

ニンニクは別に苦手ではないどころかかなり好物などと巷間《こうかん》の噂《うわさ》とは違うところもあるが、日光が弱点というところは本当で、香坂のバリアフリー対応としてオフィスは窓にUVカットシートを貼ったり、資料保存の場で使われている紫外線量を抑えるライトを導入したりしている。

ちなみにこれ、特殊な設備なので当然お高い。あとライトはLEDではなく蛍光灯なので、点《つ》けてるだけで電気代がけっこうかかる。最近はLEDのもあるが、お役所という場所柄、導入は遅い……。

生活空間であるご自宅も当然そうしてるらしいから、生活するのたいへんなんだろうなあ……と、みゆきは思っているが、当の香坂はあっけらかんとしている。というか、前向き。昔よりはるかにマシだという。特に日焼け止めの数値が。

「今日はね～、オットが口紅塗ってくれたのよ～」

「いいですね～、ラブラブですね～。そのコート、また息子さんのを勝手に？」

「そうそう。どうせあのコ、外なんて出ないもの」

みゆきの前ではそういうところを見せてくれている、というだけなんだろうけれど。

「今日、朝礼でなんか変わったことあった？」

「あんまり。書いてあるとおりですよ。あ、でも……」

「なに？」

言葉を濁すと、彼女はすぐに察して水を向けてくれる。

「スカウト用のパワポ直すように、勝山《かつやま》さんに言われてます。データくれますか？」

「ああ、そう、それね……。辻村さんに頼みたいって、私が勝山さんに言ってたの」

「そうなんですね。どういう直し方すればいいですか？」

「実例を入れたらいいんじゃないかな、って思って」

「実例……」

「どういうことに対処するかって、ところ。ほら、アレとかどう？　イケない本に、酒とマジックソルト的な成分をまぶして燃やした件」

後ろの席に座っていた小野がブハッと噴き出した。聞いていたらしい。他に早坂とかも聞いていたであろうが、彼は顔もあげやしない。ドライなのだ。

「え、あれですか？」

「そう、それだったら辻村さんもまとめやすいでしょ。辻村さんが解決したんだもの」

「うーん……」

「謙遜《けんそん》しなくていいのよ」

「いえ、謙遜じゃなく……厳密には違いますよね。色々……ぶっかけたりまぶしたりして焼いたんで……」

当時のみゆきにとっての〝私の考えた（ドラッグストアと台所で揃うかぎりの物で以《もっ》て）最強の魔除《まよ》け〟を行った結果がそれである。なお消火の際には、コンビニで買ったウコンの力を使った。

どれが効いたんだかわからないが、どれかが効いたと信じている。

それよりも、当時彼女が吸血鬼だと知らなかったから仕方がないとはいえ、もし彼女がニンニク苦手だったらえらいことになってたな、とみゆきは今さらながらに内心冷や汗をかく。

「マそこは適宜まとめましょ」

「適宜……はい、アー、やってみます」

——アレ、まとまるかなあ。

自分のまとめる能力はそこそこのものだと自負しているが、それでもちょっと力が及ばない気がするみゆきは、とりあえずヤバい本の事件を頭の中で整理してみることにした。

発端がいつだかわからないが、多分勝山と香坂が、大学に自分をスカウトしに来た日あたりから振りかえれば間違いないだろう……。

あれをスカウトと呼ぶのかどうかは別として。

※

大学から付与されたメールアドレスに、指導教官からメールが届いていた。内容はレジュメへの指摘。だがそれ以外に書かれていることがあった。

——ところで辻村《つじむら》さん、木曜日のオフィスアワーに来られますか？　この前ご相談の件で、お話ししたいことがあります。

みゆきの大学では、学生の質問や相談のために教官が毎週特定の時間を空けている。ええと、教授のオフィスアワーは何限目だっけ……。

手帳を引っぱりだして開くとスマホの画面と突きあわせた。

この日にとってる講義は、なし。バイトは大丈夫、シフトは入ってるがオフィスアワーの直後だ。

大学四年生にもなると、やはり気になるのは就職のことである。卒業要件単位はほぼ取り終えている……というか単位数だけでいえば二年生の時点で卒業要件に到達している。

みゆきが今年度大学で気をつけなければならないのは、ゼミと卒論と、学芸員資格を得るための博物館実習だけだった。

だけ、と言うわりには全部大変なんだけれど。

この時期になると、内定をもらった人間だってちらほらと出てくる。友人もその一人。別に友人のことは嫌いじゃないが、本当に嫌いじゃないが、「あとは卒論済ませて卒業するだけ～」と言っているのがうらやましい。

違う、実際は「そう思える」人間なのがうらやましい。

相手の立場がうらやましいなら自分も努力しろで終わるけれど、人間性というのはそうもいかない。なにより自分自身が変えたいとも思っていない。自分はああいうタイプになりたいわけじゃなくて、ああいうタイプである友人と付きあっていたいというだけなのだから。

卒業するために卒業論文を書くんじゃなくて、満足いくものを書いて卒業したい。だからそんなふうには思えない。卒業論文を提出したあとも、さらに満足できるものを書きたいとすら思っている。

正直なことを言うと、院に進みたい。

あわよくば、研究者になりたい。

だからみゆきもリクルートスーツに腕を通すことはあるが、まだ数えるほどだった。淡い夢——この時期にそんなもの抱いているのはどうなの？　キャリアセンターでも「もうちょっと現実を見なさい」とかなりダイレクトに言われて、先日みゆきは自室でちょっぴり泣いた。

あれからキャリアセンターの敷居《しきい》がだいぶ高くなって、なかなか足を向けられない。みゆきのメンタルはだいぶ弱いし、相手にちょっと反感を持ってしまった。

家計の現実はキャリアセンターの職員よりも知っている。うちにそこまで金はない。両親共働きで一人っ子ではあるが、父方母方揃《そろ》って祖母たちが施設やら病院やらに入っているので、なにかと金が出ていく。

それでも高額療養費制度とか介護保険制度とかがなかったら、間違いなくもっとたいへんだった。高校生時代、両親と一緒に保健体育の教科書を読みこんで、福祉制度の勉強会をしたおかげで、みゆきはその点に対してはこの国に不満を感じていない。期末テストでいい点もとれたことだし。

——日本の保険制度本当にすごいよ……複雑すぎて、ところどころわけわからんところあるけど……。

などと、みゆきは度々友人に力説している。なお年金制度に至っては未《いま》だによくわかっていない。

そんな背景はともかく、みゆきは実家から通える四年制で私立のわりに学費が安い大学しか選べなかったし、現時点ですでに奨学金をもらっているから、まずその返済を考えなきゃならない。それを踏まえたうえでキャリアセンターに相談したのだ。

でもキャリアセンターでそんなことを言われるのは、そもそも自分自身に問題があることだってわかっている。国立大学に入れるほどの頭がなかったから。現実はいつだって自分にとって残酷だ。

もちろんそんな中でも両親はきちんと貯金しているが、それは両親の老後の資金だ。それを切り崩してまで自分の学問に投資しろ！　と言えるほど大成する自信はないし、そもそも大成したくて学問したいわけじゃないからなおさら言えない。祖母たちの世話で大変な両親を見ていると、将来彼らが手元不如意になって困るのは、みゆきであることもわかるし……。

家族には相談しにくいし、思考タイプの違う友人に相談しても困らせるだけ。かといって一人で考えても鬱々《うつうつ》とするだけなのは明白だから、みゆきは指導教官に進路について相談していた。

妥協して入ったみたいな大学であるし、みゆきの論文テーマとは微妙に専門がずれている教授だが、見識は深いし誠実に指導してくれる彼をみゆきは尊敬している。

めちゃくちゃ厳しいし、真っ赤に染まったレジュメを見ては夜にちょっと泣くこともあるけれど……レジュメに関しては熱いうちに叩《たた》くぜ！　と言わんばかりに叩かれても、みゆきの心は別に鉄でできているわけではない。

尊敬はしていても、こういうときはあの先生、エクセルのセルの結合も、セル内の改行もできないくせに……と思ってしまうこともある。とはいえ自分、ことあるごとに泣きすぎの自覚はある。

けれどもこの件については真剣に話を聞いてくれたし、だいぶ言葉を選んでくれた。

「辻村さんが、研究者になれる器かどうかは別として」という前置きはやっぱり手厳しいし、ちょっと泣けた。

でも多分、今年は何回も泣くんだろう。いいじゃん、涙は心にこびりついた汚れを洗い流して表面を保護してくれるリンスインシャンプーですよと、自分に言いわけをしながら、みゆきは返信を打ち始めた。

――もちろん伺わせていただきます。

うーん、これって敬語の使い方としてなんか変？　大丈夫？　少し心配になったが、送らないことには始まらない。ちょっと勢いよくタップして、送信。

※

「辻村です」

「どうぞ」

約束の時間より十分前に来て、五分くらい研究室近くの廊下をうろうろしたあげく、五分早くノックしたみゆきを出迎えたのは、いつもの教授。

あと、見知らぬ男女二人。

「……すみません、私時間間違えましたか？」

とっさに出た言葉はそれだった。

よく考えれば、時間を間違ってたらそもそも「どうぞ」なんて言われないはずなんだけれど、予想外の事態にふつうそこまで頭が回らない。

「いや、間違ったのはこの二人だけど、辻村さんの件に関係あることだから。先にこの二人の話を聞いてくれるかい」

教授はなんだか困った顔をしている。そして「時間を間違った」という二人は、明らかにすまなそうな顔をしている。

「はい……」

「じゃあ、ここ座って」

大人にこんなふうに低姿勢で出られるのは、みゆきにとってなかなかない体験で、勧められたイスにおずおず座った。

「失礼します」

並んだ教授とみゆきが、見知らぬ男女と向かいあって座る。みゆきは困惑した。

これはどういう配列？　なんかの面談？

「率直に言えば、辻村さんをスカウトしに来ました」

口火を切ったのは、みゆきの父親ほどの年齢の男性だった。しかしみゆきの父親よりもはるかにがっしりとした体格で、まだ夏には遠いというのに浅黒く日焼けしている。口ひげもあいまって少しいかつい印象だった。大きな丸眼鏡がなければ、少しどころではない圧迫感でもっと畏縮《いしゅく》していたかもしれない。

スーツよりもアロハシャツとかかりゆしとか似合いそうだな、とみゆきは思う。

「私、北加伊道《ほっかいどう》のくらし安心支援室のカツヤマと申します」

相手は手のひらの中におさめていた、黒革のケースをぱかりと開いた。

アッ、アッ、お名刺ですね！　私受けとる経験、まだそんなに積んでなくて！　みゆきは座ったばかりの椅子からぴょこんと立ちあがると、

「ちょうだいします！」

声、ちょっと裏返った。いただくときはきちんと両手で、文字の上に指をのせないように……そして紙面に目を走らせる。

勝山英賢――カツヤマヒデヨシ。振り仮名ついてる、ありがとう。下の名前はそれがなければ初見じゃ読みがわからなかった。

「ワタクシ、コウサカです」

「ちょうだいします」

今度は声を裏返さずにすんだ。

みゆきよりちょっと年上の女性は、早口でなにやら独特なイントネーションだった。みゆきの第一印象は「すっごいブルベ冬」。まっすぐな黒い髪がうらやましい。シックな黒いスーツが板についている。

ラメ入りのコードレースのジャケットを見たみゆきは、「お母さんが私の入学式のときに着てた服みたいだな」と思ったが、ちぐはぐな感じがしないのは彼女がなにを着ても似

合いそうな美人だからだ。

ちなみにみゆきは、自己診断ではブルべ夏である。いつかお金に余裕ができたら、パーソナルカラー診断受けてみたい。


閑話休題。

自分の思考がちょっと脱線していたことに気づいたみゆきは、もらった名刺を慌てて見た。香坂嘉子——コウサカヨシコ。落ちついたお名前の方だ。

「すみません、私は、あの、名刺持っていなくて」

みゆきがぺこりと頭を下げると、勝山が片手を振った。

「ああいいですいいです、学生さんだからね」

それは人による。

例の内定もらった友人は早い内に作って、就活解禁日からバリバリ配っていた。そりゃ就職先もさっさと決まる。これは友人のタイプの問題ではなく、その努力が順当に報われただけのことだった。

友人のいいところは、積極的に見習うべきだった。それって、ああいうタイプになりたいわけじゃないというのとは、まったく違う問題。

――ところでこれ、どうすればいいんだろう？

今みゆきは、ちょっとした問題に直面していた。

現在のイスの配置は、みゆきと教授、向きあって勝山と香坂だが、その間には特にテーブルとかがない。

つまり、名刺を置く場所がない。

ずっと手で持ってるのもどうかと思うし、このままポケットに突っこむのは論外。くれた人の前で？　馬鹿じゃないの？

さっきから頭に浮かぶ言葉は疑問形ばっかりだ。

とりあえずみゆきはバッグから手帳を取り出すと、その上に名刺を二枚置いて、膝《ひざ》に載せた。これでダメなら……と思ったところで、いや今なにがダメになろうとしているところなの？　ということに思いいたった。この人たち、そういえばスカウトって言っていたっけ。

事前になんにも説明がなかったうえに、みゆきにとってのイベント（名刺拝受）で頭がいっぱいで、言われたことが頭に入ったのが今、この瞬間だった。

「……先生」

ちらと彼のほうを向くと、「後で説明するから、まず聞いてください」と返された。就職か進学かで相談したのに、いきなり教授の伝手《つて》でスカウトが来たというのは、全然腑《ふ》に落ちない展開なのだが、多分彼なりに考えてくれてのことなのだろう。

「ではまず、こちらをご覧ください」

香坂がかなり大きいパソコンを膝に載せて、なにやらカチカチとやっている。ほどなくして、その画面がすぐこちらに向けられる。

「アラ？　アラ？　えーと……勝山さん、これなんか」

「あ、香坂さん、そこ……パスワード入れるんだと思う。このまえ一斉変更したやつ、ね、あったでしょ」

「パスワード……コレ……ア違う……じゃあコレ……違うわね」

「あっ、えっ、じゃあどうし……アッ、再起動」

「アッ、アップデート……」

そして大人二人、沈黙。

……すぐこちらに向けられる、とみゆきは思ってたんだが、しばらく無理っぽい。

待つぶんにはかまわないんだが、これオフィスアワーの時間中に終わるんだろうか、とみゆきは不安になった。この後のバイト、遅刻しないですむだろうか。

学内バイトの役得で、「教授に呼ばれていた」というのはだいたい許される言い訳なのだが、あまり行使したいものではない。

「データ、そのパソコンだけにしか入ってませんか？」

という教授の質問に、

「一応USBにも入れて持ってきてます」

と、勝山。

「そしたら僕のね、パソコン使ってください」

幸い、助け船がみゆきのまさに横から出されたおかげで、みゆきは内心で胸をなで下ろしたのだった。

気を取りなおして、プレゼン開始。

よそいきの声なのか、先ほどよりちょっと高い声。

「まず、ワタクシたちが怪しい人間じゃないことの証明から始めます」

でも声とか気にならないくらい、冒頭からカッ飛んだセリフが出た。

その発言が出た時点で、みゆきは怪しさしか感じなかったのだが、一瞬気勢をそがれてしまった。

『くらし安心支援室とは？』というタイトルのスライドに使われているやたら汎用性の高いイラストが、バイト先の掲示板に貼ってあるポスターに用いられているのと同じであることに気を取られてしまったからだ。

結局、なにも言えないうちにスライドショーが始まってしまった。

――まずお手元の名刺を見てください。↑あ、はい。やっぱりポケットに突っこまなくて正解だった。

――ワタクシたちの名刺の左上のマーク、見覚えはありませんか？↑道《どう》のマークですね。なにも見ないで描けと言われたらムリだけど、見覚えはあります。

――ご覧のとおり、ワタクシたちは道の職員です。↑はい。

――怪しい者ではありません。↑……はい。

――詐欺とかじゃなく、ちゃんと存在する部署ですので、今ここで、道のホームページを確認していただいても大丈夫です。↑いや、さすがに今ここではしません。

――なんでしたら電話をかけてくださって、ワタクシたち二人の在籍確認をなすってもけっこうです。↑めっちゃ予防線張るじゃん……。

──大丈夫です。ワタクシたちの在籍確認、窓口も慣れてますから……。↑そんなにいつも怪しまれてるんかい。

──本当に、電話なさらなくて大丈夫ですか？　↑なんかかわいそう……。

──では、本題に入ります。↑はい、どうぞ。

──世の中、困ったことが多すぎですね。↑ざっくりとしすぎでは？

──そしてその中には、どうも理屈では片付けられないことが原因な場合もあります。↑ざっくりとしすぎでは??

──くらし安心支援室は、そのようなことを解決するために作られました。すこし不思議という意味で「SF」ですね。↑私にとってSFは、そっちの意味じゃないんですが……。

──警察や保健所とも連携して、そちらでは処理できない類《たぐい》の問題でお困りの方の掬《すく》いあげを行っています。↑いやなんで保健所？

──ご自宅に母子手帳があったら、ぜひ見てみてください。お子さんに不思議な能力が見いだされた場合の項目もありますから。↑あるの!!!!????

──通常は、宗教的な起源を持ちつつも、その意識が希薄になった行事等が悪質な方向に歪《ゆが》んでいないかを見守っています。↑えっ、いきなり不穏。

——だいたいはご当地のお祭り見学で終わります。道は色んな地方の文化が入り交じっているので、見ているとシンプルに楽しいですよ。↑確かに楽しそうなんだけど、それ言っちゃっていいの？

香坂が早口なおかげで、怒濤《どとう》のような勢いでプレゼンが終わった。独特の声音は特に気にならず、むしろ最後まで聞くと妙に癖になる。母方のおばあちゃんがボケる前、あんな感じで話していたなあとちょっと懐かしい。おかげであまり緊張せずに聞くことができた。

とはいえ、与えられた情報量が多すぎる。

頭の中では、それこそお祭り騒ぎのようにツッコミがわっしょいわっしょいしていたが、幸か不幸かみゆきの口からは出なかった。

教授が自分のパソコンをスリープにしてこっちを向く。

「辻村さん、どう思われますか？」

「そうですね……」

みゆきは一度名刺に目を落としてから、ついと顔を上げた。

「とても……汎用性が高い、部署でいらっしゃるかと思います」

部署の名前からして、そんな感じ。なんとも摑みどころがない。

最初に出てきた「やたら汎用性が高いイラスト」の印象が強すぎたせいでは決してなく、実際そんな言葉しか見つからなかった。説明がざっくりしすぎだからというのはあるが、なによりもまだ理解が追いついていない。

自分にとってはなんの変哲もない常識だとか日常に、香坂の言葉を引用すると「少し不思議という意味で『SF』」がまみれているというのが、みゆきにとってはなんだかすごくショックだった。

あれだ。歯医者に行って歯垢《しこう》染められたら、さっきまでなんの変哲もない自分の歯でしかなかったものが意外に赤く染まって「こんな感じだったの⁉」ってなるのに似てる。小学生の頃の地味なトラウマ……。

そしてみゆき的には、母子手帳の件《くだり》が今日イチ衝撃だった。帰ったら母に見せてもらう。絶対にだ。

「辻村さん、とても落ち着きのある方ですね」

勝山がなにやら感心した顔で、こちらを見ていた。香坂もにっこりと笑いかけてくる。

顔のパーツは全体的に小作りだが、口だけちょっと大きいため、微笑《ほほえ》むとぱっと華やかな印象がある。

「エエ、とても頼もしくてらっしゃる」

いやこれは、気を抜くと無表情になるというやつ……。

さっきから心の中は大騒ぎだったんだが、思考に労力を割きすぎて、みゆきの顔は表情を作る余裕が失《う》せている。いつもそう。大人相手には落ちついているように見えてお得だが、親戚《しんせき》の子どもからはみゆきちゃん怖いと評判で、本人にとってはできれば直したい欠点だ。

今だけに限定すれば、くらし安心支援室の二人はいい印象を持ってくれたようなので、顔に出なかったのは「幸」のほうであるにしても。

「動じないというのは、この業界でとても重要ですよ。最終的には、気合いさえあればなんとかなるお仕事なので」

香坂がパソコンを支えていないほうの手をぐっと握って、笑いかけてくる。言ってる内容と実にそぐわなかった。

この笑顔とポーズ、見たことある。企業ホームページのトップ画面にいる人だ……就活戦線に後れをとり気味のみゆきですら、こんな感じのを複数見た覚えがある。

「精神論だね」

そう言ったのはみゆきではなく、教授のほうだ。

「香坂の言うとおりで、この業界、精神面の強さがものを言いますからね」

勝山がのんびりした声で答える。

「辻村さん」

「はい」

「今の説明のとおり、この人たちは言動が怪しいけれど、所属先は全然怪しくないので。ただ扱ってる内容はやっぱりどう考えても怪しくて、この人たちは意図的に言葉を避けてたけど、オカルトとかホラーとか都市伝説とか……一般的に、『口にしたら警戒されがちな分野に足を突っこむ業界です」

「マ失礼」

「配慮した我々の前で、なんで言うんですか」

こんな綺譚《きたん》のない物言いを投げかけあえるあたり、この二人と教授がかなり親しいということがわかる。

「辻村さんにあらかじめ説明しておきたかったのに、約束した時間より早めに来たあなたたちが悪いの」

そして先生はみゆきの思ったとおり、かなり怒っていたこともわかる。

「……それでね、話の続きですが、僕の専門分野がらみで、この人たちにたまに助言を求められることがあって、その縁で君の進路について相談を持ちかけました。進学か就職か迷っているそうだけれど、一度期限付きで働いてみるのもいいんじゃないかと思います。なにか質問ある？」

「はい、あります」

みゆきは小さく手をあげた。

「どうぞ」

「分野についてはわかったんですが、なぜ私がこちらで？」

「向いてると思ったから、こちらの方に声をかけました」

と、教授。

「いくつかレジュメ拝見して、僕もそう思いました」

と、勝山。

「それに人手不足なのもので、ね」

と、香坂。身も蓋《ふた》もない理由だが、正直一番納得できた。なるほど確かになり手は少なそう。

「ただ……」

それでもみゆきは、完全には納得しきれていない。

「私、卒論のテーマは縄文《じょうもん》・続縄文・擦文《さつもん》時代の食文化ですよ？」

だって、言葉にするとやっぱり違和感があった。絶対に不向き。


縄文時代の次といったら弥生《やよい》時代だが、北加伊道は独自の文化が発展している。それはともかく、指導教官が民俗学畑の人なもので、みゆきのこのテーマを誰かに説明するとよく「考古学じゃないの？」と聞かれて返答に窮することがままある。実際に遺跡を見に行くこともあるので、否定はできない。

どうしてこんなちぐはぐなことになってしまったのか。その事情はそこまで深くはないが、世知辛いところがある。この大学、考古学の講義は開講しているけれど、担当が正規の教授ではないのだ。

みゆきは他の教官とも面談した上で今の教授を選んだが、それでもこの大学に考古学で正規の教授がいたら、多分そっち方面で卒論を進めていた程度には、この教授のゼミの中では異質な学生だ。

だから教授がこの二人に助言を求められて、そして役に立っているというのなら、その分野では絶対に貢献できない自信がある。

そんなみゆきに、教授が肩をすくめた。

「当時の精神世界についても触れようとしたことあったでしょ。僕はちょっと卒論にまとめるには、テーマがね、広がりすぎだと思ったけれど」

「でももっと向いてる人いますよね。山口《やまぐち》さんは『遠野物語』がテーマですけど、ぴったりじゃないですか？」

教授は「まあね」と頷《うなず》いた。ほらやっぱり。

しかし、教授はその直後首を横に振った。

「確かに方向性はかなり近いと思うよ。でもね、ここ遠野じゃないからね」

「……そうですね。ここ、遠野じゃないですね……」

なるほど。納得してしまったし、ちょっとだけツボに入った。ここ遠野じゃないからね
……確かに……。

一緒にしたら、それはご当地の県の皆様にも怒られるだろう。みゆきが住まう大地は県になることとなく、日本唯一の道として今日も元気に試されている。

「いや……でも……縄文人の都市伝説とか、まったく知りませんよ!?」

仮に『消える深鉢形土器の謎』をなんとかしろとか言われても、なんの期待にも応《こた》えられない。そもそも都市伝説の「都市」の定義と、縄文の集落は合致するのか？　みゆきは

そのあたりもよくわかっていない。あとでちょっと調べよう。

「君に求められているのは、フィールドワークの経験があって、足を運ぶ労力を惜しまないこと、調査に関して妥協しないこと、そしてなにより……道の地理と遺跡関係に詳しいこと、これです」

…………。

――それかー。

思ってたのと、なんか全然違った。

みゆきは高校生のころから社会科は得意だったし、特に地理が好きだ。そのおかげでこの大学には傾斜配点を活用して入学できたくらいだ。

そしてこの三年間ちょいは、時間があれば青春18きっぷを駆使して道の各地の遺跡と博物館に足を運んだおかげで、特に道の地理には明るかった。

なおあまりにもローカル電車に乗りすぎて、鉄道サークルに誘われたこともあったが、みゆきは金がないから鉄道に乗ってるだけであって、鉄道を愛して乗っているわけではない自覚があるのでお断りした。

なにせ乗ってる最中はずっと本を読んでいるかスマホをいじっているか寝てるかのどっちかなのだ。

「乗り物酔いしにくい」のと「電車に乗ったらすぐ眠れる」のと「目的地の駅名を聞いたら一瞬で目が覚める」というのが、電車がらみで胸を張って言える長所。こんな人間が鉄道サークル入ったら、そっちのほうが失礼な気がする。四年生になった今では誘われることもなく、いたって気軽だ。

とはいえ長く乗っていると、愛はなくても愛着は芽生える。また単純に知識面で詳しくもなるので、みゆきは鉄道サークルの会誌に何度か寄せたことはある。駅弁紀行とか。

友人はみゆきのぶらり旅に一切付きあってくれないけれど、このサークル誌には必ず目を通してくれるし、真面目に感想をくれるので、みゆきはそのたびに「だいしゅき……」って思っている。みゆきも友人の好きなテーマパークに付きあうつもりはまったくない人間だけれど、その趣味を永遠に応援しつづける自分でありたい。

スカウト？　らしきものが終わって、みゆきは研究室から出された。「後日この件について詳しく」と教授には言われている。みゆきもみゆきでこの後用があるから、否やはなかった。

退出する前、香坂がジッとみゆきを見つめていたのは気になったが、あれは自分のなにかを見定めていたのだろうか。

背後でドアが閉まる音を聞いて、みゆきは足下に向けてふう、と一つ息を吐いた。

そして顔を上げる。

ゴールデンウィーク直前の大学の廊下はまあまあ人が行き交っていて、いつもどおりの光景はとても「日常」だった。でもあの女の子の母子手帳にも、男の子の母子手帳にも「そういう欄」があるんだ……だからなにかが変わるわけではなく、自分が新しいことを知ったというだけの話なのだが。

でもそのことに気を取られているおかげで、悲しい思いをしなくてすむ。

みゆきは右の手のひらで顔の下半分を覆うと、ちょっとだけ鼻をすすった。なんとなく、教授は研究の道を応援してくれるんじゃないかと思っていた。いや、さっきも完全に否定はしていなかったけれど。

でもやっぱりそんな甘い世界じゃないんだなあ。

とりあえず……バイトに行こう。

図書館の入り口横の掲示板に、みゆきはちらっと視線を走らせる。

さっき見たイラストが用いられているポスターは、「USB忘れていませんか?」と涙ぐましく主張している。

その横には、延滞者の学籍番号が書かれた名刺サイズのカードが貼られている。ドアを開ける前に、その中に自分のものがないのをみゆきは確認する。借りた本のことをちゃんと管理しているつもりではあるが、それでも心配になってしまうのは、この前うっかり延滞して、貸出停止のペナルティを受けたからだ。

図書館でバイトしていても、そういうことでペナルティが免除されることなんてない。システムは無情なまでに平等なのだ。

「こんにちは」

「こんにちは〜」

カウンター脇のキャビネットに手をつっこんでがさごそやっている司書の中森《なかもり》さんが、今日もにこやかに挨拶《あいさつ》を返してくれた。来年だか再来年だか退職するという彼は、いつもにこやかで、ふっくらした丸顔で細目もあいまって雰囲気が柔らかく、バイトからも評判がいい。みゆきももちろん、彼に対して好感を持っている。

ゴッ……と音を立ててバッグをカウンターに置きながら、みゆきは尋ねる。

「また忘れ物ですか？」

「そう、USB」

——またか……。

みゆきは天を仰いだ。あのポスター、みゆきが大学入学当時はA4サイズだったが、全然効果がないせいで、現在はA3サイズのものに張り替えられている。この調子だと、あと数年後にはA1サイズくらいになっているだろう。それまでUSBメモリが現役であるならば。

「もうそろそろ置く場所なくなるんじゃないですか？」

「そうなんだよね〜」

中森は困った様子で、天然パーマ気味の頭をかく。「あと一USBか二USBが限界かな」。忘れ物を置く場所の単位がUSBメモリになっているあたり、USBメモリの遺失物はけっこう深刻な問題になっている。

「もう去年の処分するしかないですかね」

忘れ物は一応三か月で処分することになっているが、スペースに余裕があれば年度末までとっておいている。

にもかかわらず、いつまで経《た》っても持ち主が来ない物が多々……その中で特に多いのがUSBメモリだ。

「うーん……」

中森は困り顔だ。中森さんは気が優しいから……とみゆきは思いつつ、バッグから水濡《ぬ》れ防止のビニール袋で包《くる》んだ分厚いハードカバー三冊を引っぱり出した。

お掃除のおじさんが、廊下にこぼれた水を吸って掃除機を壊したことに対しても、「怒られないといいなあ」と何回でも心配するのがこの中森氏である。壊したの四台目だから、さすがに怒られるだろうし、怒られるべきだろうなとみゆきは思ったが、それはそれとして彼が全方向に優しい性格なのは間違いない。

少なくともみゆきよりは。

みゆきはカードリーダーに学生証を置いて、自分が借りた本の返却処理を始める。

「馬場《ばば》ちゃんお昼ですか？」

持ったバーコードリーダーからピーッ、ピ！　と、真面目に聞いたら妙に尻《しり》の座りが悪くなる音が響く。それを聞きながら、みゆきは中森に問いかける。ピーッ、ピ！

今日、シフトの時間がみゆきと一部かぶる後輩がいたはずなのだが、姿が見えない。

「うん、そう。先に休憩に入ってもらってね」

なるほど。

「じゃあ中森さん、お昼まだなんですか？」

中森が頷く。

「資料取り寄せの手続きにちょっと手間取っちゃって……辻村さん来たから、僕も行っていい？」

「どうぞどうぞ」

そそくさと図書館を出ていく中森を見送りながら、みゆきは図書館スタッフお仕着せのベストを羽織った。

ネームプレートの「辻村」の文字がなんとなく傾《かし》いでる気がしたので、ちょこちょこいじって直していると、「あの……」と声をかけられた。相手はリュックサックを片方の肩にひっかけた、いかにも学生という感じの男子。

「はい、どのようなご用件ですか？」

「そこにある忘れ物、多分自分のなんですが……」

あまりすまなそうな感じではないが、受けとりにくるだけまだいいほう。

みゆきはおっと思う。もしかしてさっきのＵＳＢメモリのことだろうか。そうすると、スペースがまた一ＵＳＢ分広くなる。

みゆきは鍵《かぎ》を取り出すと、学生と一緒にキャビネットの前に立つ。

「……このUSBですか？」

確かにUSBメモリの持ち主だったが、さっきの物ではなかった。

みゆきは二段目の棚から、「3月9日」と書いた紙の上に載せてある赤いUSBメモリを取り出す。もう四月も末になってるんですけどね……。

「あ、はい、日付的に多分……」

学生は自信なさそうだったが、これは無理もない。メーカー品のUSBメモリを外から見ただけで区別できたら、それは「少し不思議」という意味でも「サイエンス・フィクション」という意味でもSFだ。頼むから名前書いたり、適当なストラップつけたりしてほしい。ただのバイトにすぎないみゆきでさえ思う。

キャビネットの中にはでっかく「やまだ」と書いたUSBメモリも、ドリンクのおまけとおぼしきチープでありつつも特徴的なストラップがくっついているUSBメモリもあるのだが、それなのに三か月以上受けとりに来ない奴なんなん？　とみゆきは不思議でならない。

「カウンターのパソコンで、USBの中、確認しますか？」

「あ、お願いします」

セキュリティの都合上望ましくないのだが、間違って渡すのも問題なので、こういう場合は、セキュリティソフトが入っているパソコンを使うことにしている。たまにウイルスが検出されるので、かなり重要な決まりごとだ。

「はい、じゃあ一回閉めます」

キャビネットが古いものだからガラス戸はだいぶ渋い。ガタガタ音を立てて閉めて、みゆきは鍵をかけた。

「こちらに差しこんで、中身確認してください」

「はーい」

学生が操作している間に、みゆきは受けとり票の準備をした。といっても、すぐ出せる場所に置いてある紙束から一枚抜きとって、ボールペンと一緒にカウンターの上に置くだけだ。

当然手持ち無沙汰《ぶさた》になるので、相手が確認し終わるのを、ちょっと手を組み替えたり、体を軽く左右に揺らしたりしながら待つ。

「あっ、はーい、これで間違いないです」

「そうですか。ではこちらに名前と学籍番号と電話番号お願いします」

「はい」

学生を見送ったみゆきは、受けとり票をファイリングしてからまたキャビネットの前に立った。中の整理をするためだ。

今空いたスペースを詰めて、他の忘れ物が少しでも外から見やすくなるようにする……といっても、たかだか一USBメモリ分の空きなんてたかがしれているが。

再び鍵を開けて、さっきのUSBメモリを置いていた「3月9日」の紙を丸めてポケットに入れる。そして棚に手を伸ばすとその手をすり抜けるように一冊の本？　が足下に落っこちた。

みゆきは眉《まゆ》をひそめてかがみこんだ。

——またか。

この本？、みゆきが触ろうとするといつも落っこちるのである。このバイトをけっこう長くやっているみゆきは、資料の取り扱いにはけっこう注意しているつもりなので、落ちるたびにちょっとがっかりする。

今日は教授のとこでのことといい、嘆息することばっかりだ。

——この本、バランス悪いのかなあ。

平置きしている本にバランスもへったくれもないし、それなら軽いUSBメモリなんて、みゆきがガラス戸を開けた瞬間に軒並み床に落ちてもおかしくないのに、なぜかこれだけ落っこちる。本当に謎。

みゆきは落ちてきた本？　を元の位置に戻す。さっきから疑問形なのは、みゆきには正体がわからないからだ。

大きさと厚みこそ文庫本だが、表紙に赤茶けた革を用いたハードカバー。しかも天地と小口に金箔《きんぱく》が貼られている。絶対に手間暇かけて作られたもの。

ちゃんとタイトルが書かれていればただの「忘れ物の本」なのだが、なにも書いていないので正体不明。内容なんて中を見れば類推できるのだろうが、できればみゆきはやりたくないと思っている。幸い、みゆきの職務の範疇《はんちゅう》にも入っていないことだし。

これ、中学生の頃書いていた日記に、雰囲気が似ているのだ。

ちょうどこれくらいの大きさ。こんな立派な装丁ではないが、革っぽいビニールの赤い表紙で、中は黄色いチェック柄の紙だったから、小口とか断面の見えるところはきれいな黄色だった。

日記を書くことは、悪いことじゃない。

当時『アンネの日記』を読んで、見事に影響を受けたことだって、特に悪いことじゃない。

ただ、大学進学時に読みかえしたのが悪かった。

架空の友人に呼びかけ、「親愛なるミカへ――」という出だしで始まる、中学生特有のこう……独特の視点で日々を綴《つづ》った記録。あんなものをずっと机の上に置いていた自分が信じられない。

紙袋に二重三重に包《くる》んで、使用済み生理用品用のビニール袋に突っこんだうえで、燃えるゴミの日に出した。できることなら、自分で焼却場まで持参したかった。

でもあの時点で処分せずに、後にうっかり家族の目に触れようものならさらにダメージを受けたはずだから、傷はまだ浅いほうのはず。

そう自分を慰めつつも、この本？　を見るたびに記憶がうずくし、もし家族に見られていたら……というあの日の恐怖もよみがえるのだ。

だから絶対に、勝手に見ない。

万が一勝手に見たこの本？　の内容が日記だった日には、みゆきの心の傷はさらに広がるから……。

でも一応正体は気になるから、みゆきはいつか持ち主に引き渡すときに、正体を聞けたら嬉《うれ》しいなあと思いながら、「赤革の手帳（仮）」と呼んでいた。初めて見たとき、松本清《まつもとせい》張《ちょう》の『黒革の手帖』を読んでいたため、それにあやかって……読んだ本に影響されやすいのは、今も変わらない。

「辻村さん、こんにちは～」

慎重にキャビネット内の配置を変えていると、後ろから声をかけられた。

「忘れ物ですか？」

振りむくとそこには、お昼休みを終えたとおぼしき後輩の姿。

このシチュエーション、さっきの自分と中森に似てるなと思いながら、みゆきはさっきの中森とは違う回答をする。

「ううん一個引き渡したから、その片付け」

「そうなんですね。スペース空いてよかった」

言いながら彼女は、みゆきと同じベストを羽織る。春らしいガーリーな服にはあまり似合っていない。

キャビネットの中をいじりながら、みゆきは尋ねる。

「馬場ちゃん、お昼ちゃんと食べた？」

懐いてくる後輩がかわいくて、みゆきはついついおせっかいな発言をしてしまう。妹とかに憧《あこが》れた一人っ子なもので……。

「もちろんですよお。Aランチです。今日はチキンのトマト煮でした」

「あっ、あのおいしいやつ」

あと彼女をここのバイトに紹介したのもみゆきなので、面倒を見ねばならぬという自負もある。

「もうバイト慣れた？」

「はい、おかげさまで」

馬場がキャビネットに近づき、中を見つめ……。

「あの、辻村さん、これなんですか？」

「え？……あっ、それね……」

馬場の人さし指の先には、例の「日記の可能性が高いブツ」がある。あまつさえ馬場がブツをヒョイと持ちあげ、みゆきはヒョッと変な息の吸い方をしてしまった。というかこいつ、なんで馬場ちゃんのときは床に落ちないんだ……。

「なんか、タイトルも特にないみたいですけど……」

持ったままためつすがめつする馬場に心臓が縮み上がるような思いをしながら、みゆきは必死に言葉を絞り出した。

「それは……見ないほうがいいものです。多分」

「そ、そうなんですね……わかりました」

図書館なのでなるべく大声にならないように、それでいて力強さを出すように言うと、迫力に呑《の》まれたのか、馬場は慌ててブツを元の場所に置いた。

ちょっとキツい言い方だったかな、と反省したみゆきは、ちょっと言いわけをする。

「ほら……なんかそれ日記っぽいじゃない？　下手に日記だったら……中見られた人がかわいそうじゃない？　私ね……日記見られそうなことには、ちょっとトラウマあって」

馬場がはっと息を呑んだ。

「確かに……そのとおりですね。私オープンなほうですけど、昔は性癖知られたら死のうって思ってました」

極端！

「そこまでじゃないけど、似た感じ。まあでも馬場ちゃんは今、ちょっとオープンになりすぎだから、多少はクローズしてもいいと思うよ」

知りあった当日に、「私、実は藤壺《ふじつぼ》と弘徽殿《こきでん》のカップリングを極めたくて、日本文学科に入ったんです」と言われたみゆきとしては、これが率直なお気持ち。

「そうですか？　でも大学でいちばんオープンにしてるのは辻村さんに対してなので、多分大丈夫です」

この馬場嬢、『源氏物語《げんじものがたり》』が大好きで、将来藤壺×弘徽殿を世に広めるために、専門家のところでしっかり勉強したいという意志でこの大学に来た、目的意識のはっきりしたお嬢さんである。目的のよしあしはともかく……。

みゆきと彼女が出会ったのは、図書館で同じ本を取ろうとした瞬間に手が触れて……という、片方が男だったらまんま少女マンガなきっかけによる。ちなみにその本は源氏物語ではなく、橋本治《はしもとおさむ》氏の『桃尻語訳《ももじりごやく》　枕草子』であった。

「そうだったんだ……」

ただ馬場がここまでみゆきに心を開いたのは、みゆきの責任でもあって、「そうなると……桐壺《きりつぼ》が弘徽殿に好意を持ってたっていう感じの展開が、前日譚《たん》にあるとよりときめくかもしれないね」と、彼女なりに真面目に返したせいでもあった。みゆき本人に自覚はなかったけれど。

自分の好きなことについて真面目に向きあって、新たな見解をくれる人って、そりゃあ好きになって当然。

※

――指のムダ毛は、愛に似ている……。

かもしれない。

異論は認める。というか、異論しかないやつ。自分がそんなこと友人に言われたら、秒で反論するやつ。

すね毛、腕の毛、口元の毛……いろいろあるが、不毛な順位づけをするならば、みゆきが特に気に障るのは指の毛だ。

なんでそんなところに生えるの……？　そこに居座ることで、あなたなにから私を守っているつもりなの……？　みゆきは剃《そ》るときにいつもそんなことを思いながら、指の根元から第二関節にかけてレディースシェーバーを滑らせている。

指の毛のなにが嫌かって、指は毎日視界に入るのに、ある日ふとモッサリしていることに気づいて「ええ……ヤダぁ……」ってなるところ。しかもどういうわけか、直後に予定が入っている場合が多い。これってまさにマーフィーの法則。

いつも目前にあるのに普段は意識しない存在……そう表現すると、ジャンル上〝愛〟と同じところに分類される気がする。でも愛の対義語は〝憎しみ〟だとも、はたまた〝無関心〟だともいうけど、じゃあ指毛が〝憎しみ〟や〝無関心〟の逆側に位置するかと考えたら、そんな感じもしない。

みゆきは指毛に対してむしろ、やんわりとした〝憎しみ〟を抱いているし、できれば永遠に〝無関心〟でいられる状況になりたい。だったら指毛はむしろ〝愛〟の反対側な感じがする。いやあ、概念って難しい。

──そもそも愛とは……なんぞや……。

脳裏ではそんな深淵《しんえん》っぽいことを考えている。

こういうことを専門で研究している人が知ったら、なんだか怒られそうな経緯で発生した疑問であるが、好奇心を持つのは大事なこと。それに一応みゆきも、学問の徒（注：大学生）としての誇りを胸に、疑問をそのまま放置するつもりもないので許されるはず。

ご専門の方々が、学術的にどの分野に属するのかもよくわかっていないし、しかもみゆきの専門は愛とかは多分あんまり関係ない分野ではあるけれど。

「──さて、出番だ」

セリフだけ切りとると闇社会を思わせるような言い方だが、内実はそこまで後ろ暗いものではない。

みゆきはバッグを持って部屋を出ると、玄関に向かいながら居間のほうに一声かけた。

「行ってきます」

行ってらっしゃいの返事の後に、帰りに牛乳買ってきて〜が付けくわえられる。それを聞いて、みゆきは玄関に向けた足を居間に向けた。

ドアを開けると、ソファーでレシートの整理をしている母が、振りかえってこっちを見る。

「お母さん、今日自転車使うから、他にも買えるよ」

せっかく今日は仕事が休みの母に、これくらいの気づかいは当然だろう。

「あ、そう？　うーん……」

「思いついたら、後で連絡ちょうだい」

「はあい」

踵《きびす》を返して玄関で靴を履いていると、ぱたぱたと足音が近づいてきた。さっき間延びした返事をしたはずの母の声が、今は心なしか慌てている。

なにか急ぎで買うものでも思いついたのかと振りかえるみゆきに、思いがけない言葉がかけられた。

「ちょっと待って、みゆきちゃん今日、自分の自転車使うつもりでしょ？　駄目よ、お母さんの自転車使いなさい」

「え、なんで？」

　びっくりしていて振りむくと、母は渋い顔をしている。

「みゆきちゃんの自転車、まだメンテナンス行ってないじゃない。一冬しまいっぱなしだったのよ」

　今年はずいぶんと寒い日が続き、雪がなくなったと思ったらまた降り……ということが度重なったせいで、みゆきはなかなか自転車を出せなかった。

「いいよ……帰り、ついでに自転車屋さんにも寄るし」

　みゆきも渋い顔をする。おとついタイヤの空気は自分で入れたし、その後ちょっと走らせてみたけどへんな音もしなかった。

「行きに事故に遭ったらどうするの！　ほら、最近自転車事故のニュースも多いし！　お母さんの自転車、先週行ってきたから大丈夫よ！」

　そう言って母は、ドア横のキー掛けからトウガラシのキーホルダーがくっついたママチャリの鍵《かぎ》を取って突きだす。

「行きは自転車押していくならいいけど」

「片道、意味がない！」

　みゆきは悲鳴じみた声をあげた。自転車で行くつもりで、今日は少し遅めに出かけるというのに。

「ならお母さんのね」

「え〜……じゃあ私の自転車、いつメンテ行こう」

「ゴールデンウィーク中に行ったら？」

「うー……」

　最寄りのサイクルショップは、通学や出先からの途中で行くには便利だが、わざわざそれだけを目的で行くにはちょっと面倒くさいところにある。

　行きに自転車に乗れないことを考えると、さらに面倒くさい。

　――でも結局、行くしかないんだよな〜。

　とりあえず、ここで母と言いあいするほどの時間はないし、なんとなく母が不安になる理由もわかる。

　みゆきは不承不承頷《うなず》いて、母からトウガラシを受けとり、自分の鍵をキー掛けに戻した。レジンで固めた四つ葉のクローバーが、なんだか不満そうに揺れていた。

　出端《ではな》を挫《くじ》かれたので、みゆきの機嫌はあまりよくなかったが、マンションのエントランスから一歩出ると少しだけ心が浮き立つのを感じた。

春だ。

みゆきは陽気に目を細める。空気の匂いもどこか柔らかい気がする。ただしほこりっぽい……これは気がする、のではなく確実に。

冬の間、カチコチに凍った道に、融雪剤だとか滑り止めだとかの名目で景気よく撒《ま》かれた砂は、春になった今でも道の上に残り、車がこれまた景気よく乾いた砂を巻き上げる。道行く車の大半はあからさまに小汚いが、これでもかなりマシになったほうだ。

ひどい日は、通る道によっては砂煙で目が痛くなることもあるし、帰宅して頭を洗っていると、え……なんか今日、泡立ち悪い……？　と小首を傾《かし》げることもある。

でもみゆきは、北国の短い春が好きだ。外にいるだけで嬉《うれ》しくなる。

なにより冬の間は使えなかった自転車が解禁された喜びときたら、何度味わってもまことによきもの……。ボジョレーとかお酒にはあんまり興味はないけれど、お好きな方々が解禁日にテンション上げる気持ちはちょっとわかる気がする。

駐輪所から母の自転車であるママチャリ一号ことママ一号を引っ張り出し、みゆきはバッグの持ち手をハンドルに引っかけた状態で、カゴに放りこむ。貴重品は入れてないけれど、ひったくられたくはない。

　こんなふうに半端に自転車に荷物を固定すると、引ったくりに遭ったとき、自転車ごと引きずられてケガするからやめたほうがいいとか聞くけれど、かといって肩にかけながら漕《こ》ぐのはちょっと……。今日は中のものをあまり傾けたくなかった。揺れについてははなから諦《あきら》めている。

　ママ一号のサドルは本来乗るはずだったママ二号より少し高めだが、足は地面に届くのでまあいいやとペダルを踏む。ママ一号は最初ちょっとふらついたが、すぐに軽快に走り出した。

　近所のマンション前では、横っ腹に「引越」と大書しているトラックが、特徴的な音を立ててゆっくりバックしている。動きやすそうな制服を着たお兄さんが、トラックの横で「オーライオーライ」なんて言いながら誘導していた。

　そんな時期なんだなあ、と思いながらみゆきは自転車を漕ぐ足に力を入れて、トラックの横を通り過ぎた。

「一五〇五の、二宮《にのみや》さんの面会をお願いしたいんですが……」

「あら、来てくれたのね」

病院の受付で名前を記入していると、顔見知りの看護師が声をかけてきた。

「こんにちは。ようやく春になりましたね」

「そうね、今年はゴールデンウィークと桜の時期がピッタリかみあったわね」

「ホントに！　うち明日家族で花見するんで、ちょうどよかったです」

「仲いいわね～。ここの桜も今が見頃よ」

微笑《ほほえ》ましそうにこちらを見てくる看護師さんに頭を下げて、みゆきは階段を上った。

「こんにちは、おばさん」

みゆきが声をかけると、ちょっと疲れた風情のご婦人がみゆきに微笑みを向ける。友人の母だ。

「あら……みゆきちゃんよく来てくれたわね」

友人とは大学で知りあったので、こんなことになるまではこの人と面識がなかった。だから最初は「辻村さん」と呼ばれていたが、二年も付きあうと相手も名前で呼んでくれるようになる。

「まずこれ、おばさんに。桜の味のと、普通のです」

朝、近所の和菓子屋で買っておいた大福を渡すと、相手は少し明るい顔で「お茶入れるわね」と、椅子を立った。

「ここ、座って待っててくれる？」

「はい」

さっきまでおばさんが座っていたから、座面はほっこりとぬくかった。みゆきはもぞ、と尻《しり》を動かしてしっかり腰掛けると、横たわる友人の顔を眺める。

そして、呟《つぶや》く。

「久しぶり、奈華《なはな》。私、四年生になったよ」

友人はもう二年も眼《め》を覚ましていない。

二年前、車にはねられた二宮奈華は頭を強く打ったのか、外に見える怪我《けが》は完治しているものの、どういうわけか未《いま》だに目を覚まさない。

みゆきはそんな彼女のところに、月に一回ほど通っていた。母が今朝自転車事故のことを気にしていたのは、この件が頭の中にあったからだろう。

「痩《や》せたねえ。私のお腹《なか》の肉、ちょっと分けてあげたい」

みゆきは、掛け布団から出た奈華の腕を撫《な》でてやる。

「明日ね、ジンギスカンするんでね、よけいにそう思うよ」

北加伊道全域の習慣かどうかはしらんが、すくなくとも辻村家のお花見はジンギスカンとセットである。今頃我が家の冷蔵庫では、昨日まで冷凍庫でかさばっていた味付きラム肉がゆっくり解凍されているはずだ。

「みゆきちゃん、今お茶切らしてて……」

おばさんが、すまなそうにコーヒーを持ってくる。そんなこと全然気にしなくていいのに。

「ありがとうございます。コーヒー羊羹《ようかん》ってあるみたいだから、あんことコーヒーって合うんだと思いますよ。せっかくなので試してみましょ」

「へえ、そうなの？」

「近くの喫茶店にあったんです。今度のお土産はそれで決まりですね」

「あら～、いつもいいのよ」

「いえいえ、こっちこそ、いつも大したもの持ってこられなくて」

バイト代で買った、千円未満のものなので……「つまらないものですが」という言葉がぴったり当てはまる。

二人、大福をかじってコーヒーをすする。

「合うわね」

「ね、意外と合いますね」

おばさんが顔をほころばせる。よかった、今日はちょっと元気そうだと、みゆきはほっとした。

でも桜のほうはベースが白あんだからか、あんまりコーヒーと合わない。いや、おいしいことにはおいしいんだが、桜の風味が消える……。

「おばさん、私奈華と話しているので、よかったらちょっとお散歩とかどうですか？　この桜も満開ですよ」

「はいはい、親がいたら話せないこともあるものね」

おばさんが大福を食べおえたところでみゆきが提案すると、彼女はにこにこ笑って部屋を出ていく。

信用してくれるようになったなあ、と思う。

最初はそんなことを持ちかけても渋っていたし、どこか昏《くら》い眼をこちらに向けてくることもあった。きっと思ったんだろう。「どうして自分の子があああなったのに、よその子は元気なのか」って。

みゆきだって祖母二人が施設や病院に入っていることについて、よそのご家庭をうらやましいと思ったことはある。よそはよそ、うちはうちなのは事実だけれど、うらやましいと思う気持ち自体は別に罪じゃない。

――おばさん、ちょっとは休めればいいな。

そんなことを思いながら、みゆきは奈華に近況を報告しはじめた。例のくらし安心支援室のことも含めて。

もしそこで働いたら、この子が目覚める方法とか見つかるのかなという考えが、少し脳裏によぎった。

とはいえ昨晩、家族で集まって相談した際のみゆきは、そこまで真面目なことは考えていなかったのである。

夕食後、両親にその日あったことを話し、くらし安心支援室のことに言及すると、父親がフツーに怪しそうな顔をしてたので、やっぱりそうだよね、とみゆきは安心した。しかし、まさかの母の反応が真逆でびっくりした。

「え、知らないの？」

「むしろ母さんは知ってるの!?」

「ええ～、小学校の授業とかで習うでしょ。母子手帳にもそういう項目あったし」

「あるの!!!!????」

父の反応が日中自分が思ったことと同じで、本当に安心した。私は間違いなくこの人の血と魂を受け継いだ子なのよ……！

でも父のその反応は、母の怒りを買った。

「はあ？　母子手帳ちゃんと見てなかったの？　自分の子どもなのよ、あなた。あの頃も思ってたけど、あなたって本当にこの子のこと面倒みてくれなかったよね」

「あっ、や……」

夫婦の間に生じた溝がなんとかなるまで、少々の時間を要した。

二人が落ちついたあと、自分たちの知識格差について話しあった結果、特に小学校は地方によって重点的に教える項目が違うからなんだろうねという結論に達した。みゆきと父は生まれも育ちもこの地だが、母は本州の出身である。

「じゃあ中学のとき、魯迅《ろじん》の『故郷』ってやった？」

「やったかなあ。どんなストーリー？　あ、『オツベルと象』は覚えてる」

「それ私もやった覚えある～」

仲良く教科書談義する両親は、さっきのギスギスした空気を完全に取りはらってる。この二人は子どもの前でも、たまに遠慮なくケンカする。特にみゆきが中学校卒業したあたりから、それを子どもに見せないようにする配慮がさらに減った。

このことについてみゆきはまあまあ不満を持っているが、同時にケンカを全然引きずらないのはこの夫婦のいいところだとも思っている。

「私は、『少年の日の思い出』で心が痛くなった」

みゆきが口を挟むと、両親が揃《そろ》って「ああ〜」と声をあげた。彼らが学んだ教科書にも載っていたらしい。

国語の教科書って、どうして絶妙に読後感悪いものばっかり教材に採択されるんだろう。それともこれは自分たちの問題で、絶妙に読後感悪いものしか記憶に残ってないからなのだろうか。

その後家族会議の議題は「みんなが勉強した中で、花丸ハッピーな国語の教材ってあったっけ」というものに完全にすりかわり、最終的に三人が決めたのは、

「えー……メロス？」

「メロス？　そうかなあ」

「メロス……まあ、比較的」

みゆきとしては『サラダ記念日』を推したかったのだが、両親の教科書には載っていなかったらしい。残念。母は小学校の教科書にまでさかのぼって『手ぶくろを買いに』を推していたが、そっちはみゆきの教科書には載っていなかった。

あと母子手帳は母に見せてもらった。最初「これそうなのか！」と思った項目があったが、それは全然関係なかった。子どもの体格をカウプ指数ってもので示すの、初めて知った……勉強になるなあ。

……というところまで話し終えたあたりで、おばさんが戻ってきた。少しすっきりした顔をしている。

「みゆきちゃん、ありがとう。ベンチで少しうとうとしちゃった」

「お疲れだったんですね。体冷えてませんか？」

「大丈夫、大丈夫。ところでみゆきちゃん」

「はい」

「みゆきちゃんももう四年生で忙しいんじゃない？」

みゆきは正直に答える。

「多少は。実習もあるので、ここに来るペースが少し乱れるかもしれません。今月もちょっと来るの遅くなりましたし」

「……ね、みゆきちゃん」

おばさんが笑みを消し、真剣な表情になった。みゆきもつられて声を潜める。

「はい」

「無理にここに来なくて、いいのよ」

「………」

思いがけないことを言われて絶句するみゆきの手を取り、おばさんは静かに言う。

「主人も私も感謝してる。奈華の友だちは少しずつ来なくなってって……でもみゆきちゃんはずっと来てくれてるけど、みゆきちゃんにも生活があるでしょ」

みゆきは表情を消した。怒ってるからではなく、余裕がなくなったからだ。

「あの、義務とか、じゃないんです。友だちに、会いたいから、来たので」

うまく言葉にできなくて、ちょっと泣きそうな気持ちになった。

みゆきの顔を見たおばさんが、眉《まゆ》を下げる。

「ごめんなさい、困らせちゃったわね」

みゆきの無表情を見て、困っていると察してくれるくらい、この人との付きあいも長くなった。

「奈華に会いに来るのも、私の生活の一部だと思ってて。あの、おばあちゃんとか家族に対しても同じで」

「うん、ありがとう」

なんと言えばいいのだろう。突き詰めてしまえば、みゆきはこの先の奈華になにかを期待しているからここにいるわけではないのだ。

もちろん目覚めてほしいとは思っている。けれども目覚めなかったとしても、これまでの彼女との思い出だけで自分は何度でも会いに来る。

それは祖母たちに対しても同じで、たとえば母方の祖母。もうみゆきの顔を忘れてしまった彼女とのこれからをなにか期待して、みゆきは彼女に会いに行っているわけではない。

幼いころ、洋画好きな祖母と『ターミネーター』や『ジョーズ』を見て盛り上がったり、祖母が曾《そう》祖母と見たという『シェルブールの雨傘』やら『サウンド・オブ・ミュージック』を前に美人にうっとりしたり……、それ以外にも思い出があって、それがみゆきをごく自然に動かしている。たとえ祖母が息を引き取っても、彼女との思い出は間違いなくずっと息をしている。

思い出が、息をしているのだ。

そして今は本人だって息をしている。それだけじゃ、ダメなんだろうか。

「他の子も、奈華のことを、忘れたわけじゃなくて」

「うんうん、ごめんね、言い方が悪くて。責めてるわけじゃないのよ」

「あー……ごめんなさい、うまく言えないです」

みゆきはきゅっと目をつぶって、うつむいた。

「みゆきちゃんが無理してないなら、いいの。でもいつか来なくなっても、私たちも奈華も気にしないから」

「そんな、私阿部《あべ》ちゃんほどしっかり来てるわけじゃないですから、そんな犠牲とか全然ないです。阿部ちゃん三日に一度は来てますよね」

阿部ちゃんは、例の内定RTAを決めた友人である。

「翼《つばさ》ちゃんは、ねえ。あの子、奈華と幼なじみだもの」

特別枠なのはわかる。一方みゆきは大学一年の春に奈華と知りあって、起きている彼女との付きあいはわずか半年。正直おばさんとの付きあいのほうが長い。多分おばさんは、この子が真っ先に来なくなるだろうなと思っていたに違いない。

「奈華が起きたらびっくりするわね、お母さん、私の友だちと私よりも仲良くなってる！

って」

「その顔はぜひ見たいですね」

言いたいことを言えてすっきりしたのか、来たときよりも明るい顔のおばさんを見て、みゆきもちょっとだけ嬉《うれ》しくなった。

そんなやりとりを終え、みゆきはちょっと平和な気持ちで帰路についた。

——この時季、アンクル丈はまだ寒かったね。

夕方になると、空気はめっきり冷える。自転車で走っていると、なおさら寒さが体温を奪おうと襲いかかってくる。むき出しにしたくるぶしは、かわいそうなくらいキンキンに冷えていた。

「これで風邪をひくのはごめんだぞ」とみゆきはちょっと危機感を抱きながら、母に頼まれた牛乳を買うために、家の近くのスーパーに立ち寄った。

自転車の後輪にチェーンをかけていると、すぐ近くのキッチンカーから漂うネパールカレーの匂いがみゆきの鼻孔をくすぐり、食欲をおおいにそそる。

けれども、熱々のバターチキンカレー（ナン付き）は確実においしくても、食べやすさにおいてもお値段においても気軽な買い食いには向いていない。イートインコーナーなんてものはなく、立ち食いするしかないときたらなおさら。

これが火曜日の焼きたてメロンパンだったら、絶対買っちゃってたなあと思いながら、みゆきは母からの連絡を確認した。

カゴに放りこんだのは、特売の牛乳、そして冷凍うどん。明日のジンギスカンのシメを切らしていたらしい。それは一大事。

サッカー台でエコバッグに入れながら、目の高さのところに貼ってある、地域のお知らせゾーンを眺める。左から手打ちそば教室、ベルマーク寄付のお願い、そして……あるお知らせに目をとめ、みゆきは小さくガッツポーズをした。

来週から平日五日間、ここの駐車場の一角で、自転車の販売をするらしい。愛車のママ二号はまだまだ現役なのでそれ自体に魅力を感じないが、自分の自転車を持ち込めば簡単なメンテナンスをしてくれるらしい。こんなに近ければ、自転車を押していくのにまったく抵抗はない。

母の言うことは聞くもんだ。行きがけに自分を引き留めた母に感謝を捧《ささ》げつつ、みゆきはしあさって行こうと思った。ついでにメロンパンを母に買って帰ろうと心に誓う。よそのお母さんだけじゃなく、うちのお母さんも大事にしなくては。

そういえば、母の日が近い。

※

ゴールデンウィーク中でも大学の図書館は書庫の利用を制限したり、時間を短縮したりしているがちゃんと開館していて、当然バイトも入っている。

ゴールデンウィーク最終日、無事整備を終えたママ二号を停《と》めた大学の駐輪場には、自転車がまばらに停まっていた。祝日なのだから、こんなものだ。

今停まっている自転車は、みゆきみたいに大学に用がある人間の持ち物……なんてことはあまりなく、大体は学生によって一冬放置された自転車だ。

ひどい場合は卒業生が跡を濁してそのまま置いていったり、学校と縁もゆかりもない人間が駐輪場を勝手に使っていたりする。

今みゆきがママ二号を停めた隣には、カゴの下側がへこんで、ところどころサビが目立つ自転車がある。学生課の使用許可シールは貼っているものの、書かれた期限は去年の日付。荷台のところに、近々撤去するからその前にどっかに行って下されという趣旨の紙がガムテープで貼られていた。

屋根があるとはいえ、屋外で風雪に晒《さら》されたその紙はかろうじて字が読めるくらいにヨレヨレになっていて、その姿にみゆきは大学職員の心境を重ねあわせてちょっと気の毒になった。お疲れさまです。

開いているのに人気《ひとけ》がない大学というのは、ちょっと不思議な気持ちになる……こともあった。少なくとも、今のみゆきはそうではない。

図書館のバイトで長期休暇のときも大学に通うみゆきは、こういう感じは慣れっこで、特に思うところもなくすたすた歩く。

「おはようございます」

「おはよう」

今日も今日とて、中森さんが忘れ物のキャビネットの中を覗《のぞ》きこんでいる。

「また忘れ物ですか？」

「うーん、そろそろいくつか処分しようと思って。ついこの前辻村さんが動かしてくれたのに悪いけど」

「あ、私は全然。いいことだと思います。もう限界近いですもん」

「そうなんだよね……あ、そうそう」

中森が中から出したのは、あの本？　だった。

「あ、その本？　手帳？　結局引き取り手なかったですね」

「そうみたいだね」

——そうか、処分するのか……残念だけどしょうがないね。それにしてもやっぱりこれ、日記なのかな。

みゆきの中でそのブツは、「日記かもしれないブツ」というよりも「日記の可能性が高いブツ」ではあるが、確証はない。確認しないかぎり日記であり、日記ではない存在……みゆきはシュレディンガーの猫の概念をこのブツによって理解したつもりだ。

とはいえ好奇心にちょっと負けたみゆきは以前、中を確認しているはずの中森に「それなんですか？」と聞いたことがある。返ってきたのは、「うーん……なんかよくわからない」という曖昧《あいまい》な言葉。もしこれが「図書」という分類に属するものだったら、そんな返事になるわけがない。

しかもその直後、中森に「中、見てみる？」と勧められて、「親愛なるミカ」を必死に処分した記憶が一気によみがえったみゆきは全力で謝絶した。中森は多分、善意で言ってたんだろうが、本当によけいなお世話。

「中森さん、そういえばこれって……」

中森が急に挙動不審になった。

「あっ、えっ……もう捨てる物だし、気にする必要ないよ。気にしなくていいんじゃない？」

まだなにも言ってないんだが。

妙に慌てた中森の態度が不思議で、みゆきは眉《まゆ》をひそめた。

中森も不思議そうな顔をする。

「中見たいんじゃないの？」

「違いますよ。もし個人的なこと書いてあるんだったら、資料溶解のボックスに入れてあげたほうがいいんじゃないかなって……」

ほら、確認しないかぎり日記ではないが、日記でもあるのだからして。

大学では個人情報の入ったファイル等は、年に一、二回業者に委託して処分してもらうのだという。十年以上前の資料取り寄せ申込書の処分を手伝ったときに知った情報だ。一冊くらいこれが入ったところでなんの問題もないだろう。

「そうかあ。いやほら、辻村さん、なんだかこれのこと、すごく気になってるみたいだったから、ね」

まるで何回もねだってきたみたいな態度をされているが、みゆきが中身を気にする旨の発言をしたのは一回だけなので、非常に不本意。

「いや……気にはなってましたけど、別に中を見たいわけじゃないです」

自分で言っていてなんだそりゃと思ったが、言葉にすると本当にそう。それにしても中森さん、以前はあんなに勧めたのに、どうして今はみゆきから本？　をかばうようにしているんだろうか。とても不思議。

中森が正職員用の奥の小部屋に引っ込み、みゆきが開館準備を始めていると、馬場が遅刻寸前でやってきた。大人しそうな外見で礼儀正しい彼女であるが、意外にずさんで、時間にはちょっとルーズなところがある。

とはいえ寸前とはいえ遅刻そのものではないのだから、みゆきはそんなうるさいことを言うつもりはない。

「おはようございます……」

「あれ、馬場ちゃん顔色悪いね？」

目の下に隈《くま》ができている。

「また与謝野晶子《よさのあきこ》版読んで、昼夜逆転したの？」

馬場は一年生の頃から『源氏物語』の各種現代語訳をローテーションして借りていて、ゴールデンウィーク前もずっしりと重いのを何冊も持って帰っていた。みゆきよりもずっと華奢《きゃしゃ》に見えるのに、みゆきよりずっと重い荷物を持てる彼女は、まちがいなくこのバイトに向いている。

馬場は眠そうに眼《め》をしょぼしょぼさせながら言う。

「そんな源氏物語で夜更かしなんて……ゴールデンウィークの最初のほうしか。最近変な夢みちゃって眠れなくて」

「あれ、季節の変わり目だからかな」

そして『源氏物語』での夜更かしは、やっぱりしたらしい。

馬場はうーん、と小首を傾《かし》げている。

「季節感はあまりない夢なんですよね……。変な声が開け、開けってずーっと言ってて……もっと趣味をオープンにしろっていうことでしょうか。この前辻村さんに注意されたのにね、んふふ」

冗談めかして言う馬場が、こちらを向いて笑い……みゆきの顔を見てギョッと目を見開いた。

「……え、辻村さん、そんな怖い顔してどうしました？」

「あ、ううん……」

「今の、冗談ですよ。辻村さんの言うこと、無視するわけじゃないです」

悪乗りしすぎてすみません、としょんぼりする馬場を、みゆきは慌てて慰める。

「大丈夫大丈夫、そういうことじゃないのよ。オープンでもクローズでも馬場ちゃんがハッピーで健康ならそれでいいの」

「え、ありがとうございます……」

馬場が照れた顔で笑った。

「それでね、その夢のこと、もうちょっと聞かせて？」

「？　はい」

その話、みゆきは聞いたことがあった。

結局馬場は十五分後に帰った。話している途中で、馬場の顔色がどんどん悪くなっていった。

「馬場ちゃん、今日はもう帰らせてもらいな」

「そうします……」

「おうち一人なんだよね。お腹《なか》に優しいもののストックある？」

馬場は進学に際しこっちに一人で移ってきたので、ただ帰すだけ……というのも心配である。しかし馬場は多少は備えていたようだった。

「おかゆとか、アイスとかはちょっと揃《そろ》えてます……あと、近所に友だちいるんで、足りなくなったら買ってきてもらえます」

「そっか、それなら大丈夫かな……中森さん、馬場さん早退します」

「え、そうなの？」

奥の小部屋に声をかけると、中森が顔を出した。

「具合悪いみたいで」

「そうかあ。じゃあ手続きしておくね。お大事に」

こういうときに話が早いのは中森のいいところだ。

「ありがとうございます」

馬場がぽやんとした声をあげる。

「馬場ちゃん、今日は自転車？　駐輪場に置いて、今日はタクシーで帰ろ？　タクシー代ないなら出すから」

普段飲み会とかで後輩に奢《おご》る機会があんまりないぶん、こういうときにパッと使う甲斐《かい》性《しょう》くらいはある。

「そうします……いえ、タクシー代はあるので」

「じゃあタクシー呼ぶね」

言ってみゆきがポケットからスマホを取り出し、タクシー会社の電話番号の検索をして

いると、

「あれ？」

馬場が不思議そうな声をあげた。

そちらを向くと、手にあの「日記の可能性が高いブツ」を持っていた。

「ど、どうしたのそれ？」

「なんか、私のカバンの上に……」

ぼんやりと眺める馬場に心臓が縮み上がるような思いをしながら、みゆきはその手から
ブツを取りあげる。

「いいのいいの気にしなくて、馬場ちゃんもう帰りなさい」

「あ、はい……はい？」

また疑問形。今度はどうした。

「なんか今、急に気分が楽になったんですよね」

馬場はなにやら小首を傾げている。声も急にしゃっきりしているが、多分一時的なもの
だろう。

「それは気のせいだよ。帰ろ。帰りなさい」

「えー、大丈夫な気がするんですけど」

「じゃあ、元気なうちに自転車押すか乗るかして帰ったら？」

「あ、そうですね。そうします」

みゆきはブツを握りしめて力説し、馬場を追いだした。ブツはカウンター近くのデスクに置いておく。中森の手が空いたら渡そう。

勤務届になにやら書き込んでいた中森が、顔をあげる。

「……辻村さん、来週から博物館実習だったよね」

「はい、そうです」

ついでにシフトの確認をするつもりなのだろう、みゆきは頷《うなず》いた。

何度か行って、学芸員と顔なじみになった博物館が受けいれてくれた。正直とても楽しみだったりする。

問題は片道一時間半の道のり……それくらい電車に揺られるのはどうってことないが、その後で自分はまともに実習できるのかについては、とても不安。それが何日も続いたあと、自分がまともに立っていられるかも不安。

「大丈夫？　眠れてないとか、変な夢見てるとか、ない？」

「え、ないですよ。それは全然」

彼は奥の部屋にいたが、もしかしてさっきのみゆきと馬場の話でも、耳に入っていたんだろうか。

　でもみゆきはそこについてはなんの不安もない。昨日も今日も夢も見ずぐっすり寝たし、多分明日もそうだろう。

　実習当日もそうに違いないから、寝坊することについては不安だし、目覚まし時計三重にかける所存。不思議なことに、電車の中で降りる予定の駅の名前を聞いた瞬間に目が覚めるのに、朝の目覚まし時計は何度聞いても起きられないのだ。

「あ、そういえば……」

　ブツのことを思い出し、みゆきはちらっとデスクの方を見た。赤い表紙があるのを確認して、中森に話しかけようとしたところ、カウンターに声をかけられた。

「すみません」

　図書館のドアのほうから小さく声をかけてきた人間に、みゆきはギョッとした。

　見覚えは……なかった。サングラスにマスク、サンバイザーに長手袋と日焼け対策ここに極まれりという人物。

　外で見るならまだしも、ココ室内なんですけれど。

「アラ辻村さん」

　しかし不審者はみゆきの名前を呼んだ。

その声に聞き覚えがあった。耳に残る独特なイントネーション。

「え……」

「あ……香坂さん、ですか？」

「エエ。図書館で働いてらっしゃるの？」

香坂は屈託なく笑いかけてきた……んだと思う。サングラスとマスクのせいで、わからないけれど。

「ええ、バイトで……図書館のご利用ですか？」

「エエ」

「えーとそれじゃあ、受付票をですね……」

なかなかやらない学外利用者の対応に、さすがのみゆきも記憶を辿《たど》りながら手を動かす。今日が今年度入ったばかりの新人コンビ体制じゃなくてよかったなと思う半面、片方でもいれば教えるいい機会になったのになと少し残念にも感じた。

みゆきはカウンター内のボックスから一日利用証を取り出す。ボックスの中は仕切りで区切られていて、仕切りの角に①から⑨までのナンバリングが施されているが、⑨まで動員されることはめったにない。

「……退館の際に、こちらをカウンターにお戻しください」

「はい」

①とプリントされた一日利用証を首からかけてカウンターから離れる香坂の背を見ながら、みゆきは「あの人も今日お仕事休みなのかな」と思った。

――公務員って平日休みなイメージはないけど、やっぱりそうなんだろうか……。

もし自分が働くとしたら、あの人と同僚になるのだ。自分が働いていると仮定してみても、今ひとつしっくりこない。

ここでみゆきは両親と話しあった内容を思いかえして、「そりゃあ、働くイメージ湧かないよ……」と自らについて納得した。だってあのとき、大事なことについてなにも話は進まなかったもん……。でも情報の共有はできたから、よしとしよう。

みゆきは香坂の受付票を筒状に丸め、受付票が入っていた①のスペースに入れた。

「あ、そうだ、中森さん……」

今どうしようもないことはしかたがない。気を取りなおしたみゆきは、さっき話しかけようとした件について、今度こそと思ったものの中森はそこにいなかった。

――地下書庫かな？

特に奇異には思わなかったが、一声かけてほしかった。ちょっと不満に思いつつ視線を巡らせると、デスクの上から赤革の手帳（仮）が消えていて、みゆきは思わず声を出してしまった。

「あれ？」

さっきは確実にあったはずなのに。

少し考えて、みゆきはこう結論づけた。

自分が香坂の手続きをしている間に、中森がデスクの上の手帳を見つけて、今度こそ処分しに行ったのだろう、と。

それにしたって、みゆきに声をかけてくれてもいいんじゃないかと思ったが……「辻村さんの邪魔になるからこっちで処理しとこう」と自分の中で完結したんだろう。あの人そういうところある。

――いやいや善意、そう善意。

みゆきは自分を納得させた。ムッとしてはいた。

「こんにちは～」

「はい、こんにちは」

今日のシフトは昼で終わり。交代要員の同期生が図書館にやってきて、みゆきはベストを脱いだ。

ベストをハンガーに掛けながら、手短に引き継ぎをする。

「今日、学外利用者来てるから、退館手続きお願いね」

それを聞いた同期は、受付票が入っているボックスをちらっと見る。

「はーい、珍しいね」

「そだね」

近くに国立大学の立派な図書館があるので、わざわざここまで足を運ぶ人間は少ないし、専門分野とここの蔵書が重なる人や卒業生は、長期利用証を作っている場合が多いので、一日利用証の発行は本当に稀《まれ》だ。

「あの、退館します」

噂《うわさ》をすれば影ってこういう場合も該当するんだろうか。カウンター前ににゅっと現れた香坂を前に、みゆきはバイト仲間と目を合わせた。こういうとき、手続きどっちがやる？

相手に押しつけようとしたわけではない。どっちも自分がやるつもりだったせいで、微妙に駆け引きっぽい空気になってしまった。

声をあげたのは、相手のほうが少し早かった。

「はい、それでは利用証確認しますね～」

香坂から利用証を受けとる彼女に、みゆきはサンクスと呟《つぶや》いて片手を軽くあげた。相手も後ろ手に片手をあげる。

バッグを持ち、館内をチラッと見てから図書館を出ると、ちょうど香坂と同時にドアを出ることになってしまった。

なんとなく気まずくて、もう少し遅く出ればよかったかな～と思う。しかし遅らせたら遅らせたで、香坂の退館手続きに動いてくれたバイト仲間に悪い気がするので、しょうがない。

「探してる資料は見つかりましたか？」

無言でいるのもどうかと思い、図書館のバイトとして無難な言葉をかける。

「う～ん」

微妙な顔をされた。見つからなかったらしい。

そういうことって、あるよね。

「ア」

香坂が声をあげて、入り口横の掲示板を指さした。「USB忘れていませんか？」のポスター……、

「これ、便利なイラストよねえ」

……の、やたら汎用性が高いフリー素材のイラストを。

この前この人に見せられたスライドショーでも使われていたイラストだ。

話を合わせるというより、特に異論はないからという理由でみゆきは頷く。

「そうですね。とても使いやすくて」

「ああいうのが無料でたくさんあるって、すごいわよね。いい時代になったわ」

うちのお母さんみたいなこと言ってる。

「……そういえばあのパワポ、香坂さんが作ったんですか？」

内容のうさんくささはともかく、誤字脱字もない見やすいスライドだった。

一枚のスライドに文字情報を詰め込んでいる色んな教授にも、見習ってほしいところ。スーパーのニンジン詰め放題で袋めっちゃ伸ばすマダムですかと言わんばかりに、ぎゅうぎゅうにやる人が少なからずいるけれど、あれ本当にどうにかしてほしい。

「ううん、小野《おの》ちゃ……うちの若手ホープが作ったのよ」

ご自分も若いのに、変なことを言うなあと思ったが、もしかしたら見た目よりも年上なのかなとみゆきは思った。さっきもちょっと言い回しがご年配だったことだし。

実際は自分の母親よりも年上だというところまでは、さすがにみゆきの想像の及ぶところではなかった。

「ね、辻村さんもパソコン使えるの？」

ごく自然にフランクな口調になっていた香坂に、みゆきはこの人距離の詰め方うまいなあと思いながら頷《うなず》く。

「あ、はい。情報の授業で取ったので、それなりには。学芸員資格とるのに必要で」

「辻村さん、時間ある？　缶コーヒー奢《おご》るから、私とちょっとお話ししません？」

そういえばこの人、今日は「ワタクシ」って言わないんだな、と思いながらみゆきはひとつ頷いた。

「はい、いいですよ」

こんなふうに誘われることは、けっこう多くてみゆきは慣れている。（外見上は）いつも落ちついて話を聞くうえに、本人がどんな内容でもある程度関心を持って聞くため、やたらと話を持ちかけられる。奈華の母親とかからも。

要は聞き上手なのだ。

例の早めに内定が決まったディズニー好きの阿部は「そういうところ、自覚的にならないと損するし、あわよくば武器にするくらいがいい」とアドバイスをくれるが、みゆきはよくわかっていない。

馬場がみゆきと初対面で自分の推すカップリングを言ってしまったのは、決して馬場の人間関係に対する距離感がバグってるだけではなく、みゆきのそういう長所によるところが大きい。

しかもみゆきが下手に真面目に考えてやるから、馬場のみゆきに対する好意は連続ストップ高。

例の桐壺↓弘徽殿発言はもちろん、

「弘徽殿は小さい頃の光源氏のことはかわいいって思ったこともあるし、そうなると母親である桐壺の顔自体は好みなのかも？　それを前提にするなら、桐壺とよく似た藤壺の顔も……」だとか言ってやっちゃってるもんだから。

「あ、ミルクティーいただいてもいいですか？　好きなんです」

「もちろん」

多分香坂も、この子話しやすいなあと思ってる。

※

中庭では今ツツジが盛りで、曇天の下でもオレンジ色や赤みの強いピンク色が目にも鮮やかだった。

そこに点在するベンチは、昼食をとったりお茶を飲みながら談笑するのにぴったりだったが、みゆきはその場所は避けることにした。

ここまで「日焼け嫌です！」と、ビジュアルで主張している人を屋外に出すのはしのびない。そういえば曇りのときのほうが紫外線強いっていうけど、それでこの人重装備なんだろうか。自分ももうちょっと、日焼け止め真面目に塗り込もうかな……。

幸い、中庭の前には雨天時や冬に学生が使用するベンチがあるので、二人は陰になるところのベンチに腰掛けた。

ミルクティーを口にして、みゆきは「ホットで正解だったな」と思う。もう少し季節が先になると、温かい紅茶は楽しめない。

窓から外を見やると、爽《さわ》やかな風と華やかな植物で明るさに満ちた中庭が広がっている。

「ネ辻村さん、あなた最近変なことを見たり聞いたりしなかった？」

しかし香坂の話す内容はそれほど明るくなかった。

というか、抽象的だった。

「と、いうと？」

「このまえ職場に戻ったらね、うちの若手ホープがなんだかこの大学気になるって言ったの」

「気になる……」

それはどういう意味だろう。

「そしたらもう一人の若手ホープがね、図書館に行かないとダメだって思ったんだって。カンが強いコなの」

ほほう、これはなんだかスピリチュアル。

知らない世界をごく自然に語られて、ちょっとワクワクしてしまう自分がいる。元来、好奇心は強いほうなもので。

そして若手ホープは複数いるらしい。どっちがパワポ得意なほうなんだろう。

「そのカンの強い人は、来られないんですか？」

「それがねえ……入院しちゃったの」

「え」

それはお気の毒。

「あ、命には別状ないのよ。胃腸炎でね。あのコいっつも無理するところあるから、心配なのよね」

「そうなんですね……あっ、変なことの話ですね。変なこと……」

みゆきは話を戻すことにした。

「なにか心当たりある?」

ふと、さっきの馬場のことを思い出した。

「もしかしたら気のせいかもしれないんですが……どこから話せば、ええと」

「ゆっくりお話ししていいのよ」

みゆきは友人の奈華のことを話した。彼女が事故に遭う前、変な夢を見ると言っていたこと。そして今日馬場が、同じような夢を見たと言ったこと。

「……事故に遭う直前には、友人はもうそんな夢見てないって言ってたんですけど、後輩の話と重なるところが多いのがなんだかとても……不穏で」

先日スカウトを受けたせいで、そういうSF(少し不思議)アンテナがみゆきの頭の中にできたから、そういう発想にいたったのかもしれない。

「……私、もしかして友人が事故に遭う予兆みたいなのを、知らされていたのかもしれません。それにずっと気づかないでいたのかなって」

もしそうだったら、そんな自分がのんきに毎月お見舞いに行ってたのはなんだか……ともいけないことな気がした。

まるで相談みたいな感じになってしまったが、香坂は黙ってうんうんと頷いて聞いてくれた。

みゆきがひととおり話し終わると、香坂が口を開く。

「ご友人は今どこに入院しているの？」

「あっ、それはプライバシーの関係でちょっと」

ここまで話しておいて、そりゃあないだろうと言われるかもしれないが、ここはわきまえておかないと。

気を悪くされることを覚悟したみゆきの懸念に反して、香坂は機嫌よさそうにコロコロと笑った。

「しっかりしてるわねえ。確かにそうだわ。聞いた私のほうが悪いことしちゃった。プライバシーに気をつけるのはとてもいいことよ」

ちょっとほっとしながら、みゆきは問いかける。

「これ、なんかのお役に立ちますか？」

「多分。うちの若手ホープが行ったほうがいいって言って、そしてこんな話を聞いたのは絶対につながりがあるはずだから」

「そう、ですか」

なんとも曖昧《あいまい》な回答ではあるが、妙に安心感があるのは、自分の中のモヤモヤを吐き出せたからだろう。

「たいへんなことで悩んでいたのね。辛《つら》かったでしょう」

「んー……」

しかし辛い……というには、ちょっと発覚から告白までの時間が短すぎるので素直に頷くのはいたたまれない。しかしお気づかいはありがたかった。

「これって、解決する問題ですか？　解決したら、友人は起きるんでしょうか」

そんなこと言われても、この時点での香坂にはなにもわからなかっただろうが、彼女は優しい声で言った。

「調べてみるわね」

「はい」

みゆきは頷く。さっきと違ってマスクだけ外しているので、今回は彼女が微笑《ほほえ》んでいることがわかった。

飲み終わると、香坂はささっとマスクをつける。

「あ、私捨てておきますよ」

「いいの？　ありがとう」

空き缶を受けとりながら、みゆきはちょっと気になったことを尋ねた。

「そういえば今日、お仕事お休みじゃなかったんですか？」

「うん。勤務中」

　まさかの。

「こんなことしてていいんですか⁉　」

「こんなことも仕事なのよ。でも仕事しているように見えないからって、たまに他の部署からクレームが来るのよね。辻村さん、もしうちに来る気になったときは、ちょっと覚悟したほうがいいかも」

　めっちゃ贅沢《ぜいたく》な悩みだと思う。今ちょっと、そっちの意味でもくらし安心支援室に心がぐっと傾いてしまった。でも祝日なのに休みじゃないんだもんな……。

「そうそ、メールアドレス教えてくれる？」

「私のですか？　いいですよ」

　SNSとかやってないのかな、この世代で珍しい……と思いながら、みゆきは手帳のポケットに入れている付箋に、自分のメールアドレスと電話番号を書いて、香坂に渡したのだった。

　その日の夜、馬場からは《元気です。なんの問題もありません。明日のシフトは出るつもりです》というメッセージが来た。みゆきはそれを中森にも伝えているか確認してから、安心して眠りについた。

※

眠っているとき、半分起きているのに半分寝ているという感覚がある。

いつもぐっすりなみゆきでも、そういう経験はある。

「……ふあっ」

——ねえ、ドングリでおいしいクッキーって作れるの？

だから脳裏に響く声を聞いて、あ、これは夢だなとみゆきはすぐわかった。

奈華と親しくなるきっかけの会話だ。

家庭科で教員免許を取ろうとしていると知って、とっさに聞いておきたい！と思ったのがこれだった。

——えっ、ドングリって木になるドングリ？

「ドン、グリ……」

——そう。私、初めてドングリかじったとき、おいしくなくてびっくりしたの。

——かじったの？

——授業のときに縄文時代ではドングリ食べてたって聞いたから……。

奈華が両手を叩《たた》いて、声なく大笑いする。彼女がよくやる仕草で、みゆきはこれをエア爆笑と呼んでいる。

――なにそれおもしろい。私自分が授業するとき、ドングリクッキーとか作るのやってみようかな。子どもがうっかりかじる前に。

――なにそれおもしろそう。ぜひやって。ドングリは私拾ってくるから。ツヤツヤで、中に絶対虫が入ってないやつ。

奈華はまたエア爆笑……ピンペロリンポーン♪　ピンペロリンポーン♪

「んぁ……はい。はい」

もちろん奈華がそんな電子音で笑うわけがなく、枕元のスマホがアラームを発動させたのだ。

みゆきはごそごそやりながらスマホを手にとり、半ば無意識にスヌーズ機能のところをタップする。音が消え、みゆきは枕に顔を埋《うず》めて再びうとうとするが……ピンペロリンポーン♪　ピンペロリンポーン♪

スヌーズ機能だから当然こうなる。設定したのはみゆき本人。誰を恨みようもない。

「おきます……」

特に意味もなく宣言口調で呟《つぶや》き、みゆきは半分目を閉じながら布団から出た。とりあえずと顔を洗えば少しは頭もすっきりするだろう……。

若干左右に揺れながら廊下に出る。


ダゴッ!!


「だッ!……誰ここに物置いたの!? お父さん? お父さんでしょ!」

洗う前に頭は完全に覚醒《かくせい》してくれたが、それは大いに痛みを伴うものだった。ついでにさっき見た夢のことは、この瞬間頭から吹き飛んだ。

「うるさーい!」

騒ぐみゆきに対し、不機嫌そうな母の声が聞こえる。

開いた母の部屋のドアに向けて、みゆきは訴えた。

「お母さん、ここなんか置いてあって」

ドアから顔を突き出した母の目もぱっちり開いた。

「ごめん、お母さんだわ」

「もー!」

なお、あれだけ騒いだのに、父、まったく起きやしない。夜勤明けだから仕方がないとはいえ。

「ごめんねえ」

オキシドール片手に、母は平謝りしている。みゆきの右足の小指はちょっと爪が割れて、血がにじんでいた。

「あの箱なんなの？」

「無洗米安くて箱買いしちゃった」

えへへと笑う母に、みゆきの怒りは鎮まった。笑顔にほだされたのではなく、無洗米が安いという事実は、みゆきにとっても素晴らしいことだからだ。

「なのに、ウッ、みゆきちゃんのかわいいあんよが……」

言葉だけだとふざけた発言としか思えないが、多分我が母は半分くらいは本気で嘆いている。

「はいはい。かわいい娘のかわいいあんよがとっても痛いので、今日の朝ご飯はお母さんが作るように！」

みゆきは母の手からオキシドールを受けとりながら命じた。

「もちろんですよ、かわいい娘」

ここ数年、一限目がない日はみゆきが朝食を作ることになっている。とはいっても簡単なものしか作らないけれど。今日はその日だったから、母が作ってくれるぶんちょっと楽できる。

かわいい私のかわいいあんよから血は出てるけど。

「あ、お母さん私は卵一個でいいからね」

「え〜、しっかり食べなさいよう」

「太るから！」

母は自身が健啖《けんたん》なだけに、隙あらば娘にもいっぱい食べさせようとする。しかしみゆきは、母と小食な父を足して二で割ったような胃袋をしているので、母が思うほどいっぱい食べられないのだ。

――うーん、歩くと痛い。

自転車に乗っている間は特に気にならなかったが、地面に降り立つと体重がかかったせいか、小指がけっこう痛かった。傷の負担にならないように厚手の靴下を穿《は》いたのだが、かえって圧迫されて逆効果だった気がする。

かといって脱ぐのもな～と思いながら、みゆきは構内に入ったところで、カーディガンのポケットからスマホを取りだした。

いくつかのメッセージが届いている。ようやく起きたらしい父親の《帰りに五円切手十枚買ってきて》のメッセージは心に留めておき、続いて《(きらっ) 明日まで (きらっ) 先着100名様限定！　画面提示で……》これはどうでもいいな。

三つ目のメッセージはどうでもよくなかった。《古新聞置きがいっぱいになったらどうすればいいですか？》と、ウサギちゃんがウルウル目を潤ませたスタンプと一緒に送られてきたメッセージ。

みゆきは素早くタップし、トーク画面を開いた。馬場ちゃんいったいどうしたの。

《なになに？

今日、相方は誰？》

《秦野《はたの》君です》

バイト中の馬場からすぐに返事が来た。やりすぎはダメだが、利用者に見えないよう配慮するなら、シフト中のスマホの確認くらいは目こぼしがある職場だ。それにこれは立派に業務内容だし。

秦野というのは、馬場と同じ時期に入った新人だ。なるほどそれは聞きようがない。

《今日、新人同士のシフトだったの？》

《はいです〜》

《午後私シフトだから、そのとき片づけるよ》

少しの間の後、ちょっと長めのメッセージが帰ってくる。

《午後は私たち二人ともいないですし、来週から辻村さん実習で図書館に来ないから、できればやりかただけ教えてくれませんか？》

そして、汗をかいたウサギちゃんのスタンプ。

なるほど熱心。

《今ガッコにいるから、すぐ行くね》

納得して返信すると、みゆきはポケットにスマホをしまった。

図書館に到着すると、すまなそうな顔をする馬場と、ぼんやりした感じの秦野がお揃《そろ》いのベストで出迎えてくれた。

秦野はイマイチすまなそうじゃないし、先輩に積極的に仕事について聞くようなタイプでもないが、多分彼は馬場に反対したくなかっただけだと思う。

みゆきの見たところ、秦野は馬場に気がある。いいよね、青春ですね。

カウンターの下を覗《のぞ》きこみ、みゆきは思わず声をあげた。

「……あれ？　ずいぶんいっぱいになってるね。最近チラシ多かったのかな」

予想以上にいっぱいだった。確かにこれは、なんとかしたくなる。

「これね。紐《ひも》で縛って地下に持ってくの」

みゆきは古新聞置きを引っ張りだし、奥のデスクのところに持っていく。キャスターがついているので、これは簡単にできる。

「あ、向かいのデスクの右下の引き出し開けてくれる？」

「あ、はい……紐ってこれですか？」

馬場が差しだしたのは茶色い塊。

「あ、ごめんね違う。麻紐じゃなくてビニール紐なの」

この麻紐、みゆきがここに入ったときからずっとあって、そして一度も使われたことがない。なんのためにあるのか謎。

「これですか？」

「そうそう、それ。あ、だいぶ残り少ないね。足りるかな」

みゆきがデスクの上に古新聞とチラシの束を積みはじめると、秦野がそれに倣う。彼は積極的ではなくても怠惰でもないので、みゆきは彼のことあんまり嫌いじゃない。彼の恋？　を見守ってやろうと思う程度には。

幸い、新聞紙を縛るのに、紐はあるぶんだけでこと足りた。

古新聞とチラシを片づけ終わると、見計らったかのように利用者がカウンターに声をかけ、一番近いところにいた秦野がそちらの対応を始めた。

「辻村さんごめんなさい、今日午後からのシフトだったのに」

「いいよ。調べ物したいこともあったし。あと馬場ちゃんも心配だったし。ホントにもう体大丈夫なの？」

みゆきは全然気にしていなかったが、馬場は本当にすまなそうだ。

「あ、はい、体はもう全然……すみません。本当はあんなこと、中森さんに聞けばよかっただけなのに」

文具入れに鋏《はさみ》を差し込んだ手が止まる。

そう言われると、たしかにそう。

「え、なんで今中森さんいないの？」

「事務に呼ばれたので……」

「いないんだったら、そりゃ仕方ないじゃない」

「でも戻ったときに聞けばいいだけなのに、私そうしなかったから……」

今日はポニーテールにした髪を揺らしながら、馬場がうつむいて小声で言う。

「私なんだか中森さんが苦手で」

ちょっとびっくりして馬場を見ると、彼女は慌てて両手を振った。

「別になにかされたってわけじゃないんです！　個人的な感情で」

「そうなんだ。好き嫌いはどうしようもないよね」

みゆきなんて、同じ講義をとってるだけで名前もよく覚えてない学生を、声がなんか苦手っていう我ながら理不尽な理由だけでほんのりと嫌ってる。もちろん嫌がらせとかしてるわけじゃないし、そもそも話したこともないけれど。

それに昨日中森が無断で例のブツを持っていったこととか、みゆきでもイラッとくるときだってある。きっとみゆきの知らないところで、馬場にとってカチンとくることがあったんだろう。

「やめたいなら、私の紹介とか気にしないでやめていいからね」

馬場の両手を振る速度が増した。

「そんなことはないんですよ！　でもこのバイトは好きなので続けたいんです。辻村さんとお仕事するのも楽しいし」

なるほど。そういうことも、あるよね。

「じゃあ私のスケジュール教えるから、私とシフトなるべく被《かぶ》るように申請しなよ。中森さんとのやりとりは私がやるから。あと私と被らないときは……金本《かなもと》さんにもお願いしとくよ」

金本は、この前香坂の退館手続きをした同期生である。

そんなこと大した手間でもない。馬場がどう思っているかは関係なしに、みゆき自身は中森のことけっこう好きだし。突発的にうーん、と思うことはあるけれど。

「え、いいんですか」

「私たちが留年しなければ今年だけだけど。単位落っことすように祈ってて」

みゆきのつまらない冗談にも馬場はうふふと笑って、「ありがとうございます」と返してから真顔で付け足した。

「でも単位は気をつけてくださいね」

「はい……あ、このファイルついでにしまっちゃうね」

「私、テープしまいます」

馬場がデスクに置きっぱなしだったビニール紐に手を伸ばしたが、目測を誤ったのか指で突いて床に落としてしまった。

二人が見守るなか、テープはコロコロと転がる。転がる……。

「あ」

「あ、あ……」

思いのほか勢いがついてしまったせいか、テープは存外長い距離転がり、カウンターと戸棚の隙間に潜りこんでしまった。

みゆきと馬場は一瞬だけ顔を見あわせ、キャビネットの方へ足を向ける。

「よく入ったね、これ」

「ゴルフだったらホールインワンレベルですね」

「すごいよ馬場ちゃん」

言いながらみゆきは、手を差し込むが、指先に触れるものはない。

「あっこれはピンチ」

といっても、話はたかが使い終わりかけのビニール紐なのだが。

「これ、使えませんか？」

反対側の手を差し込んでみようとしたみゆきの目の前に、プラスチック製のハンガーが差し出される。スタッフのベストを掛けるためのものだ。

渡したのはカウンター対応が終わった秦野だった。

「ありがとう……」

みゆきは、秦野の恋？　を今後も見守ってやろうと思った。

隙間にハンガーの端を差しこむと、なんだかひっかかるものがある。

「あっ、行けそう……いや、行けそう？」

ビニール紐のわりには、やけに手応《てごた》えが重い。

「どうしたんですか？」

「他になにか詰まってるのかも」

馬場とみゆきのやりとりを聞いて、秦野が「俺やります」とハンガーを摑《つか》んだ。そういうところいいぞ秦野、いっそう見守るぞ！

「あ、本当になにか別の入ってそうですね」

秦野が腕を動かすと、さほど苦労した様子でもなく中のものが出てくる。けっこうな規模の埃《ほこり》のかたまりとビニール紐、そして一冊の本……本？

「本？」

「あれ、これ……」

昨日のブツじゃん。

「中森さんが落としたのかな？」

みゆきだって触れそうになるたびに落っことしてたから、そういうこともあるだろう……あるのか？

みゆきは埃をぽんぽんと払って、奥のデスクに置いた。

「それなんですか？」

秦野がハンガーにくっついた埃を払いながら聞いてくる。

「去年の忘れ物で、引き取りがなかったやつ」

「あ、そういえばキャビネットにありましたね、そういうの。中身なんですか？」

「わかんない。中見てないから」

「え、見なくていいんですか？」

馬場が口を挟む。

「秦野くん、いいのよいいのよ見なくて」

「あ、そう」

馬場に言われたから、秦野はすんなりと引き下がった。そういえば秦野は、馬場の藤壺×弘徽殿語りを聞いたうえで彼女に気があるんだろうか。ちょっと気になる。

「中森さんに聞いておきますか？」

「いいよ。二人とももうシフト終わるでしょ。中森さんには、あとで話しとくから」

さっきのやりとりのことを踏まえてか、馬場がまたすまなそうな顔をするが、本当に気にしなくていい。いつもの藤壺×弘徽殿について語るときのような、輝いた顔を見せてほしい。

午後、後輩たちが帰ったあとで戻ってきた中森に、みゆきは赤いブツを突きつけるつもりだったが、またデスクの上から消えていて、内心彼に対する株をちょっと下げた。できれば一言ほしい……。馬場が中森を苦手といった気持ちは、ちょっとどころかだいぶわかる。

――それにしてもこの分野、わりと楽しいな……。

くらし安心支援室に関係しそうな案件を自分なりに調べてみると、かなり没入してしまう。わら人形を使って呪うと、現代では脅迫罪で逮捕されるとか初めて知った。

しかしいいかげん、来週の博物館実習に気持ちを切り替えなくてはならない。明日から図書館のバイトはしばらく休み、履修している数少ない講義も全部欠席届を出した。実習の休みが公欠にならないのは、正直納得できないんだが……。
帰宅して、クローバーのキーホルダーをトウガラシの横に引っかけると、カーディガンのポケットの中で、スマホがブルリと震えた。ドアにもたれながら、みゆきはポケットに手を突っこむ。
画面には涙目のウサギちゃんスタンプ。これ今日見るのは二度目だ。
《すみません！
私さっきの落とし物、持って帰っちゃったみたいです！》
馬場のメッセージを見て、みゆきは眉根《まゆね》を寄せた。なんのことだかさっぱりわからない。
《え、どういうこと？》
《赤い日記？ がバッグに入ってて》
ここでメッセージが切れる。多分馬場はちょっと動揺してる。
《私、まちがって入れちゃったんだと思います！》
……は？
——え……ちょっと待って。さっき中森さんが持っていった……え？ どういうこと？

みゆきは非常に常識的な結論を出した。

最初に「見た」と思ったのが見間違いだったのだ、と。そしたら中森が姿を消したときに赤革の手帳についてなにも言わなかったのは当然。だってデスクの上にはなにもなかったのだから。

さっき勝手に株下げてごめんなさいと、みゆきは心の中で中森に謝罪した。

《すみません、辻村さんから中森さんに言ってくれるはずだったのに》

トーク画面では馬場もみゆきに謝罪している。

みゆきはちょっと考えてから、画面を指先で弾《はじ》き始める。シュポン、シュポンと音を立てて立て続けにメッセージを送った。

《そうだったんだ》

《デスクになかったから、中森さんが見つけて片づけたと思ったの》

《まだなにも言ってないよ。

だから大丈夫だよ》

――うーん、なんだか卑怯《ひきょう》。

嘘《うそ》は言ってない。というか事実だけなのだが、みゆきの勘違いを伝えなければ、ただの寛大な先輩のお言葉でしかない。

かといって、みゆきの勘違いをわざわざここで伝えると、話はややこしくなる。トークアプリ上での会話は、なるべく単純に済ませたほうが、円満に済むということを、みゆきは高校時代のケータイ講習で学んだのだ。
《ありがとうございます！》
両手を胸の前で組んで目を潤ませるウサちゃんのスタンプを見て、みゆきはちょっと迷いつつ再び画面を弾く。
《明日は中森さん来ないし、私もしばらく行けないから、今度シフトが被《かぶ》るときにもってきて》
《そのとき私から中森さんに話す》
これが図書館の蔵書だったらアウトな話であるが、ブツは廃棄する予定の忘れ物。多分セーフ。着服するつもりはないし、悪用以前になんかに用いるわけでもないからセーフ。きっと、うん。
――アウトだったら……ちゃんと謝るのだ、私が。
倒置法を用いつつ、固く決意する。
《次大学で会うまで、責任持って保管します！》
文字だけなのに馬場の意気込みもすごい。

《絶対に中は見ません！》

そこまで気負わなくていいとは思ったが、その意気自体は非常によし。

それにここまで中身を知らずにいられたのだから、みゆきとしてもそれを貫徹したい気持ちになっている。

みゆきは《さすが馬場ちゃん！　よろしくね！》と、トークルームをエクスクラメーションマークとふだんあんまり使わないスタンプでやたらと盛りあげて、会話を打ち切った。

バーフバリのスタンプはこのときのために購入したのだ……。

既読がついたのを確認したところで、みゆきはドアにもたれかかったまま「ふー……」と深いため息を漏らす。すると手の中のスマホが再び揺れて、慌てて画面を見る。馬場ではなかった。友人からだった。

《実習ガンバ！》

うん、がんばる。

※

実習チョー大変でした。

　大学で報告を終えたみゆきは、購買に寄ってから食堂に足を向けた。自販機近くのテーブルに突っ伏す。ピークタイムだったら間違いなく迷惑行為だが、午後三時だとそんなこともない。

　そんなみゆきに声がかけられた。

「や、しかばね」

　みゆきは顔を伏せたまま、声のほうを向いた。久しぶりに見る友人の姿だ。実習以前に、こやつ最近はほとんど大学に来ない。

「やっほ、阿部ちゃん」

　就職決まって早々に髪を派手に染めた阿部が、片手をあげている。

「実習お疲れ」

「燃えつきました……」

　阿部はみゆきの向かいの椅子を引きながら、「でも楽しかったっしょ」と言う。みゆきのことをよくわかっている。

「楽しかったよ～。ああいうところで働くのもなんか……いいよね……って感じ。でも最低でも修士はとっておきたいな。採用でも有利になりそうだし、働いてる人やっぱり院卒が多い」

みゆきはまだ、進学か就職かで迷っている。

「そういうもんか」

「うん。けっこう山あり谷ありだったから、奈華に話しに行くわ」

「おばさんにも話してやって。おばさんも辻村の話、楽しく聞いてるから」

「そうなの？」

「あれさ、馬場ちゃんの藤壺と弘徽殿の話とか、宇宙猫みたいな顔して聞いてたっしょ」

ああ、確かにそんな顔してた。

「あれ、楽しく聞いてたって顔じゃなかったよね……」

正直話題ミスったとみゆきは思ってる。おばさん真面目な性格だから、かなりショックだったはず。

「あの後源氏物語読み始めて、アリかもしれないとか話してた」

「マジか」

「マジで」

もしかして自分は、藤壺×弘徽殿を知らず知らずのうちに布教してしまったのかもしれない。あとで馬場に報告しよう。このあと会う予定だし。

「そいや阿部ちゃんはなんで大学来たの？」

卒業要件単位を取りきってる阿部は、みゆきみたいに面白そうな講義を履修するということもなく、悠々自適で遊びまくってる。あるいはバイトしている。

いいことだと思う。幼なじみが寝込んでいるのに、と言う奴もいるけれど、それはそれとして彼が人生を楽しんじゃいけないという理由にはならない。

それにみゆきは知ってる。

阿部はもし講義中とかバイト中に奈華が目覚めたという連絡が入ったとしても、ｉＰｈｏｎｅを取り出さずに確認できるようにするためだけに、バイト代でＡｐｐｌｅ Ｗａｔｃｈを買うような人間だ。

みゆきでさえちょっとずれてる気はするけれど、置かれた環境の中で、倒れた幼なじみを気にかけるためにできる範囲のことをするのって、なんだか素敵じゃない？

「今カレッジリングの受注してるから、申し込みに」

「ああ、購買でポスター貼ってたね」

みゆきはあまり興味ないけれど。

相変わらずロマンティックなもの大好きだな～と思いながら、みゆきは「受け取り楽しみだね」と言った。

「どれどれ、頑張った友にミルクティーをおごって進ぜよう」

さすが三年の付きあいなだけあって、みゆきの好みをよく知っている。

「やったあ、そろそろコールドがいいです」

「わかってるわかってる。荷物見てて」

「もちろんです。あとね、この直後に私たちのかわいい後輩が来るんですよぉ。馬場ちゃんっていう、奈華のおばさんに新しい世界を見せた張本人が」

阿部は苦笑いしながら、オッケオッケと言う。

「かわいい後輩のぶんは、来たら買うことにしよう」

「さすがセンパイ」

阿部が財布を持って席を立つのを見送りながら、みゆきは購買でもらってきた文房具専門のフリーペーパーを開く。「BUN！　BOU！　GOOD!!」という、圧がすごいタイトルをアメコミ風にデザインした表紙が特徴的で、この近辺ではみゆきの大学の購買と、ちょっと離れたところにある書店のレジ横にしか置いてない。

卒業したらどうやって入手しようと悩んでいるくらいには、みゆきはこの隔月刊誌の根強いファンである。ネットでも公開しているから見ることはできるけれど、できれば紙で読みたいところ。

――ほほう、今回は付箋特集……。

みゆきが五&六月号をパラパラめくっていると、テーブルに置いていたスマホがピコンと鳴った。

《来ました！》

入り口のほうを見ると、Tシャツの上からジャンパースカートを着た馬場が、ショルダーバッグのヒモを両手で摑《つか》んでキョロキョロしている。こっちだよ、とみゆきが手を振るとぱっと笑顔になった。

「辻村さん！　実習おつかれさまです！」

「例の持ってきた？」

「はい」

馬場がバッグを探り、引っぱり出したのはジップでロックなアレ。

表面には油性ペンで「返却する日記」と丁寧な字で書いてある。とても厳重。

「なにそれ」

ミルクティーと、自分用のコーラを持った阿部が手元を覗《のぞ》きこんできた。

「馬場ちゃん、この優しい先輩がジュースおごってくれるって」

「うん、なにがいい？」

「えっ」

馬場はちょっと驚いた顔をしたが、みゆきが「いいから」と言うと、微妙な顔で少し考えて言う。

「じゃあ……いちごミルク、で」

「はいはい」

阿部は再びテーブルから離れた。

みゆきはバッグにジップロックをしまいながら、馬場に話しかける。

「馬場ちゃんこの後授業ある？」

馬場は首を横に振るが、残念そうな顔をする。

「ないんですけれど、このあと用事があって帰るんです」

「えっ、わざわざこのために来てくれたの？　ありがとう……そっか、つもる話もあるんだけど、また今度にするね」

「はい、ぜひ。私も学芸員の資格興味があるんで、楽しみにしてます」

「教職のほうも興味ある？　阿部ちゃんに聞くといいよ」

「そうします」

もう就職決めているので教師にはならないのだろうが、阿部は教職の講義を履修している。そのうち教育実習にも行くはずなので、そのときはまた髪を染めなおすんだろう。教師志望の奈華が起きたとき、彼から色々話を聞けるだろうからいいよね……なんてみゆきは思ってる。

「はい、お待たせ」

馬場は阿部からいちごミルクを受けとると、

「ありがとうございます。後で飲みますね」

そそくさといった様子で帰っていった。ものすごく急いでるところを引き留めちゃったんだな……と少し申しわけなく思いながら、みゆきはその背を見送る。

「辻村、さっきのジップロックなんだけど」

「ん？　あれがどうかした？」

「あれ見せてよ」

「いいけどなんで？」

横の椅子に置いたバッグに手を伸ばしながら、みゆきは阿部に尋ねる。

「や、なんか都市伝説のアレっぽいなって思って」

「都市伝説？」

みゆきの手が止まる。

「知らない？　この大学の卒業生の、おまじないの本……ああ、それはご存じないという感じの顔ですね」

「うん……なにそれ、聞いたことないよ」

――赤い革に、サイドが金色。いつの間にか手元にあって、困ったときに力を貸してくれる本だって。

「へー……」

みゆきの反応は、阿部の期待したものではなかったらしい。

「反応、薄」

「ハートフルだとは思うよ」

「うん」

うん。

なんとなく、間。

気を取り直して、会話を続ける。

「え、それって、そんなに有名な話なの？」

少なくともみゆきはそんなこと聞いたことない。馬場もそんな感じではなかった。

「多分？」

心許《こころもと》ない返事だが、みゆきは納得する。情報を持ちすぎる者は持たなすぎる者の度合いをわかっていないのだ……。

「そうだね、阿部ちゃん顔広いから」

とはいえ、自分が知ってることはお前も知ってて当然、という態度ではないだけずっといい。

「都市伝説……いや、そんなことほんとに都市レベルで広がってるの？」

だとしたら知らない自分、少なくともくらし安心支援室向きじゃないなとみゆきは思った。この前縄文時代の都市伝説なんて云々《うんぬん》とか考えてたけど、それ以前に自分が生きている時代の地元の都市伝説も把握してないんだもんな。

「さすがに都市……レベルじゃないとは思う」

「じゃあ大学伝説か」

「なんかそれ、響きがダサい」

「University Legend……」

「英語にすればいいってもんでもないし、英語でもダサい」

せっかく今、発音頑張ったのに。

「ならUniversität……ん、『伝説』ってなんて言う？」

第二外国語の勉強の成果は発揮されなかった。もしくは発揮したうえでこの程度のレベル。

「知らない知らない」

第二外国語がスペイン語の阿部が、ドイツ語の「伝説」を教えてくれるわけもなく、コーラを飲みながらゲラゲラ笑うだけだった。

「辻村ほんとおもしろいわ。この件、おばさんに話しとく」

「うん」

うん。

「まあそれで、その本見せて」

「中は見ないでよ。日記だったらかわいそうだから……」

阿部がニヤニヤする。

「あの『親愛なるミカ――』の件で記憶がうずく？」

「ああ、そのとおりだよ」

顔は広いし情報通だし記憶力もいい奴に、あんなこと話すんじゃなかったなと思いながら、みゆきは今度こそバッグを手に取り、中をまさぐった。

手に触れたビニールを引っぱり出す。

手応《てごた》えは存外軽かった。

「あれ？」

引っぱり出したそれは空っぽのジップロック。ただしマジックででっかく「返却する日記」と書いてある。はて。

……もしかしてバッグの中で、ジップロックの中身が開いちゃって、抜け殻だけひっぱり出したんだろうか。

馬場ちゃんがいたら、これで一発芸「空蟬《うつせみ》……」っていう源氏物語ネタで笑えそうだったなと思いながら、みゆきはバッグの中を覗きこむが、例の文庫サイズの赤革三方金は、どこにも見当たらない。

「あれ？」

片手に持ったままだったジップロックを見る。なにも漏らさぬといわんばかりに、ぴったりと閉じていた。

さすがのみゆきも、背筋がぞわりとあわだった。

「辻村？」

「ごめん阿部ちゃん、手違いがあって……えー、また今度！」

「は？　うん、別にいいって。そんなたいしたことじゃないから」

事情がわからないなりに、みゆきが動転していることは察したようで、阿部はバイバイと手を振った。

食堂を出たところで、みゆきははたと我に返った。

勢いで出てしまったけど、自分は今なにをしようとしていたんだっけ？　というより、これからなにをすればいいのか？

とりあえず馬場に確認しよう……そう思って握ったスマホに目を向けると、ピコンと鳴った。みゆきは画面に目をやる。

《辻村さん、どうしましょう》

送信者は「Ba-Ba Daughter」。

これは馬場の知りあいだったら必ず知っている鉄板ネタ。

なんでも高校のとき馬場のお父さんがPTA会長で、他の生徒たちから「馬ー場パパ」と呼ばれていて嫌で仕方がなかったという、その話の前後一か月で一番笑ったネタだ。

馬場本人も「嫌だった」と言うわりに語る顔が笑っているから、完全にネタとして昇華しているに違いない。でなきゃ自分のアカウントに、こんなニックネーム絶対につけない。ありがとう「馬ー場パパ」ネタ。おかげでちょっと落ちつきました。

《どうしたの？》

みゆきが質問すると馬場が続けざまに入力する。ピコンピコンと音が鳴る。

《日記があるんです》

《信じられない》

《ウソじゃないんです》

みゆきは慌てて入力する。

《わかってる馬場ちゃんウソつかない》

あ、改行忘れた。

再びピコンピコンと連続で受信音。

《ジップロックに入れて》

《返却する日記って書いてて》

《袋ごと渡したのに》

《中身があるんです》

《辻村さんのところ、本ありますか？》

ありません。

間違いなくこれ、香坂案件だ。

※

「……えー、私青葉《あおば》大の辻村です。お世話になってます。あの、くらし安心支援室の香坂さんにお取り次ぎいただけないでしょうか……はい、辻村です」

保留音が流れたところで、みゆきはほっとため息をついた。香坂さん本当にいるようだ。

奇《く》しくもここで在籍確認をしてしまった。

チャッチャ～チャ、チャチャチャチャ～♪

——長いな……。

チャッチャ～チャ、チャチャチャチャ～♪

——香坂さん、本当に実在するのかな……。

チャッチャ〜チャ、チャチャチャ〜♪

——この曲聞いたことあるな、なんて名前だろ……。

『はい、お電話代わりました。くらし安心支援室の香坂です』

ちゃんといた。

「あの、辻村です。先日ミルクティーごちそうさまです。ご相談したいことがあるんですが……」

『例のスカウトの件、前向きに考えてくだすったの？』

だよね、順当に考えたらそういう発想になるよね……。

「すみません、就職のことではなく、多分御社……失礼しました、会社ではなく、御庁……御部署？　あのう……そちら、で取り扱っておいでのことかなと思ったことがあって、ご相談をあの、お願いしたくて」

『それは、この前お話ししてくれたことに関係ある？』

「多分」

『ちょっと待ってね。今メモの準備するから』

「はい」

『準備できました。どうぞ』

「すごく赤い小さな本？　が後輩に付きまとってるみたいで」

『……その本、金色の部分ある？』

「あ、はい……金色？　はい、あります。なんて言えばいいの……本の閉じたときに紙がむき出しになっているところ、が金色です」

『中身見たことある？』

「中？　見てないです。見たほうがいいんですか？」

『絶対に見ないで』

「はい、見ません」

即座に言われ、即座に返す。やっぱり悪いものらしい。

『ちょっと待ってね……早坂《はやさか》くん！　データベース立ち上げてくれる！』

最後の声は、受話器を手で押さえたらしく、小さくくぐもった声だった。直後、また保留音が流れ始める。

チャッチャ～チャ、チャチャチャチャ～♪

待っている間、みゆきは右手に持っていた電話を左手に持ち替え、ジーパンで右手を拭《ぬぐ》う。汗びっしょりだった。

ポケットからハンカチを引っぱり出すと、受話器から声が響く。

『お待たせしました』

「……あッ！　いえ、全然待ってません！」

実際『お待たせしました』に真面目に答えるとしたら、なんて返せばいいのとみゆきはいつも思っている。

『それね、うちで扱う案件だわ』

「そうなんですね、やっぱり……」

みゆきはふとここで、さっき阿部が言っていたことを思い出した。

「なんか、噂《うわさ》みたいなのがあって、そういう本が願いを叶《かな》えてくれるっていうの聞いたんですけれど、見た目が似ていても内容が逆の、悪いものと良いものでペアになってるんですか？」

『それは……』

受話器の向こう側で、香坂が息を呑《の》む。

「はい」

『いえ、同じものだと思う』

つまり、どういうことだ？　疑問に思ったが、香坂はここで長々と説明することで時間を取るようなことはしなかった。

『とりあえず悪いものという前提で動いて』

「はい」

みゆきは素直に頷《うなず》く。

『その噂も後で伺いたいわ。でもまずは後輩さんと連絡とれる？　後輩さんのおうちに今から私向かいたいから、辻村さんから許可もらってくれる？　それで辻村さん、今どちらにいらっしゃる？　私と合流して向かいましょう。それで次ご連絡くださる場合は、今から言う電話番号にかけてほしいの』

「はい、わかりました。あ、今メモ準備しました」

『はい、○九○……』

こういうとき、指示を出してくれる大人ってたのもしい。

みゆきは通話を切ると、今度は馬場に電話した。もうこの際、通話料金がかかっても、月末に通信速度が遅くなってもかまわない。

発信。

切れる。

発信。

切れる。

《馬場ちゃん、とりあえずあの本開かないで》

《今、対応してくれそうな人と連絡とったから、そっち向かいたいの。いいですか？》

《大丈夫ですか？》

シュポンシュポン音を立てながらメッセージを立て続けに送ったが、少し待っても既読すらつかない。

みゆきは血の気の引いた顔で、今度は香坂が教えてくれた番号に電話をかける。コール二回で出た香坂は、さっきの電話の時のようにみゆきに優しかった。

『大丈夫大丈夫、深呼吸して。鼻から吸って口から吐いて。とりあえずこれから車出して大学に向かいます。裏門のほうに行くわね』

移動中らしい香坂の通話音には、先ほどは聞こえなかった喧噪《けんそう》が混じっている。その中でカッカッと足音らしきものがひときわ鋭く響いている。

香坂の言うとおり、深呼吸四回。通話を切ったあとみゆきは待ってる間自分になにができる？　と考え……大学最寄りのドラッグストアに駆け込んだ。

みゆきの通う大学は、購買が充実しているせいか近くにコンビニがなく、ドラッグストアのほうが近いところにある。

思い当たる品を悩みながらも急いでカゴに突っこんで、レジへ向かう。「年齢確認をお願いします」と言われ、突き指しそうな勢いで画面を突《つつ》いて、財布から万札を取り出した。さようならバイト代！

でもお金はもったいないので、エコバッグは使う。

「辻村さん！」

再び駆けて大学裏門あたりで待っていると、黒いエクストレイルが横づけされた。ウィンドウが下がり、中から香坂が顔を出す。今日は顔むき出しだった。

この人思っていたよりごつい車乗っている。

「あ、香坂さん……ありがとうございます！」

「馬場さんってコから、その後連絡あった？」

「それが……」

メッセージ送ろうが、電話しようがまったく反応なし。

「落ちついて、辻村さん。その本って最初、どこにあったの？　大学？」

「図書館、に……」

ふと、思いついた。

図書館。

中森さんは、なんで平気なんだろう。

香坂は中を見てはいけないと言っていた。確実に中を見ているはずの中森は、なぜ平気なのだろう……いや、そもそも平気じゃないのでは？

心配すべき人が二人に増えた。

「あの、司書の、中森さんって人は中見てるはずなので、そっちも心配で」

「なるほど。とりあえず、大学の図書館に行ってみましょ」

香坂がシフトレバーをガチャッと動かしながら言った。

とはいえ、位置的に近いのに、二人はなかなか大学内に入れなかった。

「満」ときらびやかに輝く文字を眺めながら、香坂が眉《まゆ》を下げる。

「この辺りコインパーキング、他にある？」

「すみません、覚えてません……」

「ふだん運転しないとそうなるよね～」

ふだんどころか、そもそもみゆきは運転免許も持っていない。

そして香坂は、前二回の来学時、公共交通機関で来たらしい。

さすがに路駐するわけにはいかず、エクストレイルは大学の周辺をぐるぐると回った。

みゆきはスマホで検索を始める。今度絶対に格安ＳＩＭに乗り換えよう。

「あ、ここ、空いてるかも……」

ちょっと遠いから、駐車したあと走ることになりそうだが。

「どこどこ？」

香坂が路肩に寄せて画面をのぞき込む。

「よし、ここにしましょう」

二人、ダッシュした。

香坂さんめちゃくちゃ足速かった。

「辻村さん大丈夫？」

うそでしょこの人、ハイヒールでこの速度。

「グホッ……ゲホッ！」

スニーカーにジーパンのみゆきは横っ腹は痛いし、むせすぎて呼吸もままならないというのに、香坂はツラに水をかけられたカエルよりもなにごともなかった顔である。そういえば、室長の勝山氏もがっしりした体格だった。もしくらし安心支援室のメンバーに運動能力が必須だとしたら、自分は絶対に無理だ……。

「肩貸しましょうか？」

「おねがっ……しまッす」

図書館は人気《ひとけ》がなかった。

そういうシーズンでもないのにめずらしいと思いつつ、中に入ろうとしたみゆきは、香坂に止められた。

「香坂さん？」

「辻村さん、あなた本当になにも感じないの？」

「えっ？」

横っ腹に激しい痛みを感じているが、これはさっき走ったダメージがまだ回復していないからだ。

「そ、ならいいわ」

「はい……」

先にみゆきが中に入ると、カウンターにいる中森に声をかける。彼は背を向けていた。

「あの、中森さん」

が、返事がない。振りむきもしない。

「……中森さん？」

「どうして願いを叶える邪魔をするの？」

ここでようやく振りかえる中森とおぼしき人間に、みゆきは息を呑んだ。

なんで「おぼしき」なのかっていうと、顔がなかったからだ。当然口もない。

——え、今の声どこから出したの？

場違いにもそんなことを思ってしまったが、次の瞬間もっと場違いなことが起きた。

「ハイ失礼」

不意に香坂がみゆきの前に立ち……その手元からすごい勢いの液体だか気体だかが飛び、中森（仮）にぶち当たった。

「えっ？」

無言で崩れ落ちる中森。

「えっ？」

みゆきが香坂の手元を覗《のぞ》きこむと、そこにあったのは……なんということでしょう。人に向けて使っちゃいけない道具ランキングがあれば、上位十位以内にエントリーしそうなお道具、消火器！

「はっ？」

あんな勢いの激しいものをホールドしているにもかかわらず、香坂の体はこゆるぎもしていない。体を低く構えて、という姿勢はバッチリだが、くどいようだが彼女はハイヒールである。

「よし」

中の消化剤をすべて中森（仮）にぶちまけた香坂は、空っぽになったタンクをきちんと床に置いた。

そして振りむく。

「辻村さん、大丈夫〜」

「あっハイ……ヒョエ」

みゆきの声が一オクターブ上がった。

全身真っ白になった中森（仮）の体が、どろりと溶けたからだった。

「え、……人って溶けるんですか？」

「人じゃない場合は溶けるし、人も掛ける液体によっては溶けるわね」

「えっ？　えっ？」

「あ、辻村さん、意外に動揺してるのね？」

「はい、動揺してます、よ？」

みゆきは落ちついて見えるだけで、実際に落ちついてるわけじゃない。

「落ちついて、落ちついて……ハイ深呼吸」

香坂が背中を撫《な》でてくれる。なんだかすごくいい香りが漂ってくる。香水だろうか。

ちょっとだけ落ちついた。

香坂は中森（仮）跡地にかがみ込んだ。タイトスカートから黒ストッキングの太ももが見えるのは、なんだか色っぽいなあ。みゆきは落ちついたというより、現実逃避的な感じの思考になる。香坂は一度フンと鼻を鳴らし、ハンドバッグからスマホを取り出した。

「ごめんなさい、職場から応援呼ぶからちょっと待ってくれる？」

「はあ……」

辻村はカウンター近くの椅子を引き寄せた。今人が来たら、えらい騒ぎになるだろうなと思いつつ、さっき走ったダメージがまだ回復してないのでどっしりと座り込んだ。

「うん……そう。二人ほどお願いね、はぁい」

通話を切って、香坂は「よし」と言う。

「応援着くまでもうちょっと待っててね。すぐ後輩ちゃんのところに行きたいでしょ、ごめんね」

「いえ……」

すまなそうな香坂の言葉に馬場のことを思い出し、みゆきは自分のスマホを確認する。

馬場はまだ既読をつけてくれていない。

「えーと……」

「なにか聞きたいことある？」

「消火器……人に向けていいんですか？」

違うそんなことを聞いてる場合じゃない。

しかし返事も、違うそんな回答が欲しいんじゃない、という感じのものだった。

「人じゃないから大丈夫よ！」

香坂の笑顔は光り輝かんばかりだ。そういえばこの人、美人だった。

「人じゃないのに向けて、なんで効果あったんですか？」

「粉末系は成分に、ナトリウムが含まれてる場合が多いから！」

「えっ？」

いきなり話題がサイエンスになった。なにそれ関係あるの？

「ほら、お清めによく使うお塩もナトリウムだし、成分的には半分くらい一緒よ一緒。あとは気合いを込める！」

「そんなアバウトな感じで効くんですか？」

「最終的にはね、信じる気持ちがパワーになるの」

急にアニメの正義のヒーローっぽいマインドになってきた。

「ほら吸血鬼が十字架を恐れるって言われるのだって、多分根源に当時のキリスト教の信仰があるからよ。吸血鬼でも仏教徒だったら十字架平気だもの。幽霊に消臭剤ぶっかけると効果あるって噂《うわさ》だって、結局は信じる力よ」

その噂は聞いたことがあるけれど、吸血鬼の件と一緒にするには、ちょっと落差が激しすぎるんじゃないだろうか。

「本当にいるんですか、吸血鬼」

「いるわよ〜」

肯定されてみゆきは、とりあえず好奇心に素直に従った。

「じゃあ……仏教徒の吸血鬼は仏さまが苦手になるんですか」

「そんなことはないわよ。ホラ、鬼子母神伝説あるでしょ。あれに比べれば、人の血を吸わない吸血鬼だったら、お釈迦《しゃか》サマも最終的には受けいれてくれると思うもの。あ、別に今のキリスト教がダメとか嫌いとかっていうわけじゃないのよ。うちの部署にもクリスチャンいるし」

「へ〜、そういうものですか……」

まさか目の前にいる人物がその本人だとは、このときまったく思っていなかった。

図書館に駆け込んできたのは、若い男女二人だった。

それを見て香坂が驚きの声をあげる。

「早坂くんはともかく小野ちゃんもなの？　ちゃんと生きてる⁉」

「えっ私死んだんですか⁉」

なんだこのやりとり。

もしかしてこの人が胃腸炎で入院したという若手ホープなんだろうか。

「事情はさっき言ったとおりなんで、事後処理お願い。私はこのコと一緒にこのコの後輩のところに行くから」

「それはこの人が危険では？」

眼鏡をかけた男性が眉間《みけん》に皺《しわ》をよせる。

「このコは大丈夫よ。あ、小野ちゃん！」

「はい、なんですか？」

消火器の中身がわだかまったあたりにかがみ込んでいた女性が、顔をあげる。

「後で保健所に連絡して検査してもらえるよう手配してくれる？」

「誰の検査ですか？」

「このコの」

香坂が指さした先には、みゆき。

「わ、私ですか？」

「大丈夫、変な検査じゃないわ。赤ちゃんのころに受けたのをもうちょっと詳しくするだけ。ホラこんな事態に巻きこまれたから、悪影響がないかも調べたいの」

「そ、そうですか」

それで納得してしまったみゆきがちょろいというより、この短い間で香坂に対するみゆきの信頼が厚くなったといえる。

「じゃあ私たち行くわね、あとはよろしく」

颯爽《さっそう》と出口に足を向ける香坂。みゆきはちょっと逡巡《しゅんじゅん》してから、残る二人にペコリと頭を下げて後を追った。

図書館を出ると、その近くに置いてあった消火器がなくなっている。いつも意識していなかったけれど、なくなるとすぐにわかるもんなんだなとみゆきは思った。

――香坂さんはわかっててここの持ってったのかな……。

消火器はこの図書館内にもあるが、他の場所と違って資料保護のために二酸化炭素が充《じゅう》塡《てん》されているものだ。

ナトリウムが含まれてる消火器をわざわざ選んだのならすごいぞとみゆきは思いつつ、たまたまな気もするし、この人だったら中にナトリウムが入っていようが、二酸化炭素が入っていようが何でも退治できそうな気もする。

――なるほどこれが信じる力……。

※

馬場のアパートに行ったことはなかったが、年賀状を出したことはあるので、スマホの連絡先アプリに住所を入れていた。律儀に生活していると、こういうときに報われるものだ。自らの日頃の行いに胸を張りながら、みゆきはアプリを立ち上げる。

「じゃあ住所読み上げますね……青葉区《あおばく》」

「チョッチョッ、待って待って」

さっきこの上ない落ち着きを以《もっ》て、消火器の中身を中森（仮）にぶちまけた人とは思えないうろたえようだ。香坂はカーナビの画面をちょこちょこいじりながらアレ？　アレ？と首を傾《かし》げている。

さっき中森（仮）と向きあっていたときより、カーナビと向きあっている今のほうがよっぽど焦っているように見えた。

「使い慣れていないんですか？」

「そーなの、今日はオットの車借りてきたから。私機械苦手なのよ」

先日のノートパソコンを前にした騒ぎを思い出し、みゆきは納得した。

「あ、じゃあ、私のスマホのマップで検索するんで、ナビしますね」

「助かる〜」

通信速度の制限っていつからかかるんだろう……。頼むから今日中やめてくれ。

馬場のアパートに着くと、香坂はまた尋ねた。

「辻村さん、あなたなにか感じることある？」

「えっ、特にないですけど」

「ならよし」

部屋の前でチャイムを鳴らすが、出てくる様子は一向にない。

「馬場ちゃん！　馬場ちゃんいる⁉」

「よしどいて」

香坂はハンドバッグからなにやら取り出した。

鍵《かぎ》である。

「えっ、なんでここの鍵お持ちなんですか……？」

それともSF（少し不思議）パワーで、色んなドアが開く鍵とか……？　とみゆきはちょっとワクワクしてしまったが、さすがにそれは夢見すぎであった。

「ここのじゃないわよ」

そう言って香坂は鍵穴に差しこむと、今度はハンドバッグから小ぶりのハンマーを取り出した。

そして鍵の頭を、ハンマーでゴッゴッゴッと叩《たた》きだした。

「……なんですか？　ピッキングというやつですか？」

「ううん、これはバンピングっていうの」

「そんなにいろいろ種類あるんですか!?」

「簡単にできるよ」

「できちゃいけないやつ！」

確かに色んなドアが開く鍵ではあったが、SF（少し不思議）パワーじゃなく、TM（とても明確）パワーによるものだった。アメリカの建物に設置されているでっかい斧《おの》を、マスターキーと呼ぶのと同じ精神性を感じる。

「馬場さんだっけ？　彼女この件片づいたら引っ越しするか、鍵をディンプルキーに交換したほうがいいと思うわ」

説得力は感じるが、香坂は今いちばんそんなことを言ってはいけない人である。

「……言っておきます」

「引っ越す場合は、できればオートロックの家をオススメしてくれる？　若い娘さんなんだから」

「わかりました」

ただ現在に関しては、馬場の住んでいるアパートがオートロックにもディンプルキーにも対応していなかったおかげで、かなり話は早くなっているんだとみゆきは思う。

それにしても、とみゆきは思った。

これは明らかに犯罪現場だ、と……。

「よし開いた！」

「開いちゃったんですか⁉」

ごめんなさいお父さん、お母さん。プライバシーとか法令とか、色んなものを遵守するよう育ててくれたあなた方の教えに背いてしまいました……。

開いたドアをみゆきは悲壮な思いでくぐり、「馬場ちゃん！」と声をあげ……なくても彼女はそこにいた。ドアを開けるとすぐキッチン。その前に折りたたみ式の座卓があって、さらにその横に馬場が倒れている。

みゆきは馬場にかけよった。長年の習慣とは不思議なもので、周章狼狽《ろうばい》しつつも靴は脱いだ。

「馬場ちゃ……」

体に触れようとして、その手を止めた。こういうとき、むやみに動かしてはいけないはずだ……。

けれども具体的にどうすればいいかちょっと思い出せなくて、みゆきは振りかえって香坂を見た。

「大丈夫、多分眠ってるだけだから」

「そ、そうなんですか？」

「今確認するわね」

香坂が呼吸だとか脈だとかを確認している間、所在なく視線をさまよわせたみゆきは、座卓の上のものに気づいた。

例の赤い本。

開いちゃだめな本が開いてある。

馬場が倒れているのは、この本のせいである。

その理解が頭に浸透した瞬間、みゆきはゆらりと立ちあがった。

「辻村さん？」

「あ、はい、ちょっと……」

本を持ち、さっき上がり込んだときに放り投げたエコバッグを広い、みゆきはシンクに向きあった。

今、みゆきはめちゃくちゃ腹が立っていた。

本に対してというより、自分に対して。

自分にもっと察する力があれば、馬場がこんなひどい目にあうことなんてなかっただろうし、可能性は低いだろうが奈華だって助けられたかもしれない。

みゆきは狭い調理スペースに本を放り投げると、エコバッグから物を取り出した。

塩（ミネラルたっぷり海塩）
塩（ヒマラヤ岩塩。入浴剤）
日本酒（鬼ころし180mlパック）
ローリエ（乾燥）
ローズマリー（乾燥）
おろしニンニク（チューブ）
ジップロック（馬場が本を入れていたもの）

それらをすべて並べ、みゆきはシンクに両手をつき、ふうと息を吐いた。

スカウトを受けてから、忙しいなりに勉強した。

いきなり『遠野物語』から始めるとわからないところが多かったので、市立図書館に行って子ども向けの本――『怪談レストラン』全五十冊を途中まで読み、ついでに最近流行の『ふしぎ駄菓子屋銭天堂』既刊を全部読み、サブカルチャー関係の文庫本を読み、前半若干迷走している自覚はあったが、現時点でご家庭でできる魔除《まよ》けについてみゆきなりに考えた。今こそそれを試すときだ。

みゆきはまずジップロックに本を入れた。続いて塩、ローリエ、ローズマリー、おろしニンニクを入れる。入浴剤のほうはちょっとためらって、ポケットに突っこんだ。なかなか溶けないうえに固いから、ジップロックが破けそう。

最後に日本酒のパックを開けて注ぎこむと、ジップロックをしっかりと閉め、中身をもみこむ。

……もうちょっとなんか入れたいところ。

みゆきは馬場宅の台所を勝手に検分しはじめた。かわいいミルに入った白い岩塩を発見。

――やっぱり岩塩も入れたいよね……。

ミルをキコキコ動かして、追加。

冷蔵庫を開ける。賞味期限切れのおろしショウガのチューブを発見。

――そういえばショウガもなんか効果ありそうな気がする。

おろしニンニクを絞り出すときに、けっこうまだるっこしかったので、今度はキッチンばさみで両断し、中身を一気に絞り出して、追加。

シンクの下を開ける。未開封のヨモギ茶とドクダミ茶を発見。「体に気をつけてね♡」と書かれた付箋が貼ってある。

――うちのお母さんが最近飲んでいるやつだ。馬場ちゃんのお母さんが置いてったのかな。母の愛が馬場ちゃんを救うのだ……。

粛々と開封し、ティーバッグを破って、追加。酒を吸って茶葉が膨らむ。

再びジップロックを閉めて揉《も》みこみ、みゆきはくるりと振りかえった。香坂はテーブルに頬杖《ほおづえ》をついて、みゆきを見守っていたが、目が合うとにっこりと笑う。馬場はその横で涅槃《ねはん》像みたいなポーズを取らされている。奈華の事故の後受けにいった救命講習で教わった。回復体位だアレ。

「とても手際がいいわね」

完全にお料理に対する感想。実際、手順はほぼお料理。ご自宅にあるものでなんとかしようとするタイプのやつ。

「……ベランダで燃やすと、ご近所迷惑ですよね」

「そうねー。さすがに火事の危険もあるし」

みゆきはジップロックを持って、ふむと考えた。

「……香坂さん、私ちょっと出かけていいですか？」

「どこに？」

「シラカバ自然公園に」

つい先日、両親と一緒に花見ジンギスカンをしたところだ。あそこは特に予約は必要ないうえに、夜は九時まで開いている。

みゆきとしては馬場を置いていくのが心配だったので、一人で公園に行くつもりだったが、この本が近くになければ大丈夫だから、という香坂の言で、馬場は残していくことにした。

とはいえ馬場が一人で目が覚めたら、混乱するだろうし、荒らされた台所を見て泥棒に入られたと通報される未来は確実。なので香坂が人を呼んだら、さっきの若手ホープの女性のほうがやってきた。

多分彼女のフットワークが軽いからじゃなく、人が少ないからなんだな……とみゆきは、人材不足について心底納得した。そしてこのお姉さん、病み上がりらしいが大丈夫なんだろうか。

「シラカバ自然公園、場所わかりますか？」

今回もナビするつもりでスマホを持ったみゆきだが、「大丈夫よ～」と返され、スマホをポケットにしまった。

いや、その前に。

《今日ちょっと遅くなります》と母にメッセージを送り、みゆきは今度こそポケットにスマホをしまった。図書館で遅くまで勉強することも多いから、心配はされるだろうが怪しまれることはないだろう。

「あそこ桜キレイなところよね～」

「あ、今年もきれいでしたよ。家族と行きました」

名前のわりに桜のほうが有名な場所だ。もちろんシラカバもあるにはあるうえに花粉の飛散する時期が桜と丸かぶりするので、シラカバ花粉症の人間が来ないぶん、花見の時期に少しすいているという点でも特徴的な場所だった。

幸い辻村家は、アレルギー関係では母がブタクサ花粉症なので、例年シラカバ自然公園にお世話になっている。

「仲いいのね～。ウチはもう、今は全然そんなこと」

「友だちにも珍しいねって言われます」

マザコンとかファザコンとかババコンとか言われることもあるけれど。そこまで家族のコンプレックスを網羅している場合は、もうファミコンと言ってもいいんじゃないかとみゆきは思っている。

なおジジコンと呼ばれたことがないのは、母方はみゆきが生まれる前に、父方はみゆきが二歳の頃に亡くなったからである。

「そういえば、噂《うわさ》の話まだ聞いてなかったわね」

「ああ、それ……」

といっても阿部から聞いた情報以上のものを提供できないのだが。しかしそれだけでも、香坂にとっては有益な情報だったようだ。

「卒業生、卒業生ね……そういえば一人、あそこの学生がいたわ。そこが共通点？」

質問というより独り言という感じだったので、みゆきは黙って彼女の呟《つぶや》きを聞いた。

※

夏至も近いというのに日はすっかり沈む時間帯、二人はシラカバ自然公園に着いた。駐車場に車を停《と》め、炊事場の辺りをうかがう。

「あ、先客」

「いますね……」

桜のシーズンが終わると、昼に子連れの親子が遊ぶ以外人が少なくなる場所なので大丈夫かなと思ったら、一組だけいた。
五、六人ほど……男たちが集まって花火をしているのが見える。手に持った花火を振り回している様からしてもマナーが悪そう。
香坂がちょっと厳しい声を出した。

「彼らちゃんと届け出してるのかしら。ここの自治体って、原則公園の花火は禁止のはずなのよね」

「え、そうなんですか？」

マナー以前の問題だった。

それにしてもこういうこと、さっき違法感丸出しな方法で他人の家の鍵《かぎ》をこじ開けた香坂が言うと、なんだかおかしい感じがする。

「バーベキューの場所でも駄目なんですか？」

「花火はバーベキューじゃないもの。バーベキューだって、炊事するスペース以外で火気扱ったらいけないでしょ」

「なるほど……？」

子どものころ、近所の公園で花火をした覚えがあるのだが、いつからそんなきまりができたんだろうか。

「ちょっとオハナシしてくるから待っててね」

みゆきが考えている間に、香坂がさっさと車を降りてしまった。

「えっ……」

みゆきは自分も出ていこうか迷う。花火を振り回してるマナーの悪さからして、絶対届け出とかしていないし、香坂が絡まれたらどうしよう……でも待っててって言われたし、正直怖い気持ちもあるし……。

ちょっと冷静になると、みゆきはただの大学生の女の子にすぎない。この時間帯に公園で騒ぐ男の群れに突入するとなると、尻込《しりご》みしてしまう。

――でも香坂さん足速いから……。

先ほど図書館に行くときに見せた見事な走りっぷりを思い出し、みゆきは最悪車に駆け込んでくれれば大丈夫かな……と思った。一応、香坂が逃げてきたときにすぐドアを開けられるように、運転席側のほうに体を移動しておく。

香坂がグループに近づき、なにやら話しかけている。もめている様子はないが和気藹々《わきあいあい》とした感じでもなく、ハラハラしながら見守っていると花火の火が一つ二つと消え、男たちが去っていく。

そして香坂がこちらに悠然と戻ってきた。

「やっぱり届け出していなかったんですって」

「ちゃんと、お話聞いてくれたんですね……」

「スナオなコたちだったから」

香坂は意味ありげに微笑《ほほえ》んだ。えっ、なんだか怖い。

とはいえみゆきとしても、それで当初の目的を捨てようとは思わず、人のいなくなった炊事スペースで本を燃やすことにした。

花火をしてた男たちが追い返されたのを見ると、食材じゃないこれを燃やすのも駄目なのかもしれないと思ったが、他に思いつかないので……炊事スペースだけで燃やすから許してほしい……。

「あ、お水汲《く》んでくるわね」

「ありがとうございます」

ここには燃え残りの炭を所定の位置に捨てるために、金属製のバケツがある。香坂はそれで水を汲みにいった。

その間、みゆきは焼くものをセットする。

ジップロックを炊事スペースに置き、エコバッグから着火剤を取り出し、割ってジップロックの上に置く。

そしてチャッカマンを取り出し、カチカチやってみた。大丈夫、火は点《つ》く。

しかし問題がある。

——これ、すごく燃えるんだろうなあ。

おおむね紙でできた本を酒に浸したわけなのだから、けっこう燃えるのでは。やっぱり着火剤はやりすぎな気がするので、みゆきはせっかく置いた着火剤をそそくさと片づけた。

「お待たせ～」

両手にバケツを持った香坂が、軽やかな足どりで戻ってくる。水がなみなみと注がれたバケツ二個を持っているのに、重そうな様子が見えない。

香坂といい馬場といい、自分より細いのに自分より重いものを持てるのはなぜなのだろう。もしかして単に自分が非力なだけ？　と、みゆきは自らを省みつつ、エコバッグから最後のアイテムを取り出した。

「ん、なあにそれ？」

「ウコンの力です」

ウコンことターメリックも、魔除《まよ》けになるってなんかで読んだから……。

みゆきは封を切って、中身を半分ずつバケツに注いだ。

さあ、準備はできた。

「では、やります！」

「どーぞ」

香坂は楽しそうに頷《うなず》く。みゆきはチャッカマンの先に火を灯《とも》し、ジップロックに近づける。ちょっと裏返り気味の声が出た。

「燃えろォ！」

確かに燃えはしたが、思ってたよりは燃え続けなかった。

父方の祖母が調味料を煮切ってたときや、テレビでシェフがやってたフランベとかをイメージしていたが、そういえばあれだってすぐ消えたな……。

香坂が困った声で呟く。

「燃えないわね……」

なるほど、やっぱり着火剤ですね。

みゆきはさっきエコバッグにしまい込んだ着火剤を取り出し、一呼吸置いてから一気にぶち込んだ。一回封を切ったら来年まで保《も》たないし、ここで使えてむしろラッキーくらいに思っておこう。

今度はさすがに燃えた。

みゆきは炎をぼんやりと眺めた。燃えさかる炎を見てなにか危険な衝動に目覚めるなんてこともなく、大きな火は普通に怖かった。

風がなくてよかったなあとか、屋根のない炊事スペースを選んでよかったとか、みゆきは安心できる材料を探している。実際、屋根とか柱があったら、心配事が増えたかもしれない。

「ア」

香坂が不意に声をあげた。

「ま、まだダメですか？」

これで駄目ならもう灯油かけるくらいしか思いつかない。さすがに持ってないけど。

「いえ、燃えたわ」

香坂は炎ではなく、その先の煙のほうを眺めている。

「そう、中にいたのね……」

なにがいたんだろうと思いつつ、みゆきはウコンの力入りの水を炎にぶっかけた。もう消えてくれ、頼む。

来年、再来年……花見でここに来たとき、自分は今日のことを思い出すのだろう。怪しい本を怒りでバーストしたことを。

※

——心配はされるだろうが怪しまれることはないだろう。

さっきはそんなことを思ったが、アレは間違いだ。

火を消して一息ついたところで、みゆきは漂う異臭をようやく意識した。これは怪奇現象による匂いなんかじゃない。

酒、ニンニク、ショウガ、ローリエ、ローズマリー、ヨモギ、ドクダミ……それらをまとめて燃やしたら、まあこんな臭いが発生しますよね、というわかりやすい臭い。

そのわかりやすい臭いは服にも髪にもこびりつき、そして背後にある燃え残りは今も鮮度の高い悪臭を、周囲にまき散らしている。

絶対に両親に怪しまれる、これ。

帰路、燃え残りが入ったバケツを後部座席に載せて、みゆきは香坂の運転する車に乗っていた。公園の備品のバケツを勝手に持ち出したことについては、香坂が後で関係部署に連絡してくれるとのこと。

悪臭発生の原因になったみゆきは肩身が狭い。これ、車の中にも絶対に匂いがついてしまう。

一方、香坂はまったく気にならないようだった。それどころかだいぶご機嫌である。さっきから鼻歌が聞こえる。

「辻村さん、最高よ。あなたホントにウチに来てほしいわ。ネ、そうして。職場でお茶のときに使うマグカップ、私買ってあげるわね」

「ありがとうございます」

みゆきはぼんやりとした声で返した。この人は職場でどんなカップ使ってるんだろう。金縁のカップとソーサーが似合いそう……。

「……辻村さん？　あら、おねむ？　かーわいいー。でもちょっと困るー」

緊張状態が続きすぎて、ゆるむと一気に眠くなってきたのである。

――うわクサッ！　なんだこれ吐きそう……。

――繊細ねー。そんなことじゃこの業界生き抜けないわよ。

――いきなり人呼びつけてえらい言いようだなババア。俺は別にこの業界入りたいわけじゃないから。それで？　この子動かして、家に入れてほしいって？　自分が引っ張り回したんだから、自分でこの子の家族に説明しろよババア。

――しょうがないでしょ、アンタのほうが得意なんだから。

――オレのほうが得意っていうより、アンタはそもそもできないんだろうがババア。

――ババアババア言わない！

なんか聞こえる……。

――あ、これ無理だ。

――え、アンタ衰えた？

――言い方！　この子効かない……。

──えっ、じゃあどうしよう。

なんか困ってる……。

※

起きたときには、自室のベッドの中にいた。

──え、夢オチ？

そんなわけないのに、あまりにもいつもどおりの朝を迎えすぎて、みゆきはベッドの上で呆然《ぼうぜん》とした。でも一部は確かに夢だったはず。いるはずのない謎の男性の声が聞こえていたから。

「みゆきちゃーん、そろそろご飯よ」

「あっ、はい」

声をかけてくる母もいつもどおりで、みゆきはよけいに混乱する。娘が寝た状態で帰ってきたら、絶対になにか言ってくるはずなのに……。

そういえば悪臭もしない。ちゃんとシャワー浴びたのか、自分は。服はどうなってるんだろう。

――そうだ、昨日の。

みゆきは枕元のあたりを探りスマホを探すが見つからない。部屋の隅に置いてあったバッグを探ると中には充電切れかけのスマホがあった。

いつもと違うところがあることにほっとしながら、みゆきは充電ケーブルを差しこんでトークアプリを開く。昨日の馬場とのやりとりがそのまま残っている。大丈夫、夢じゃない。なにより回線が、低速モードになってる。しばらく300kbpsで過ごすのかと思うと、ちょっと悲しい。

そして通知領域に、知らないアドレスからメールが届いているのに気づいた。タイトルは「香坂です」。

慌てて開く。

昨日のバーニングの後の簡単な説明と、検診について連絡が欲しい旨と、「おうちには裏ワザを使って帰しました」という一言。

――これがSF（少し不思議）パワー……！

正直、消火器で中森（仮）を退治する香坂を見たときよりも、超常現象を感じてちょっと感動してしまった。

「みゆきちゃーん、どうしたの？」

母の声がまた聞こえる。そう、母が朝食を作ってくれたということは、今日のみゆきは一限目から講義だ。

ピコン！

またメッセージが届いた。阿部からだ。

《奈華が》

《起きた》

見た瞬間みゆきは、パジャマを一瞬でシュポンと脱ぎ捨てた。極めたら芸になるくらいの速度で服を身につけ部屋を出ると、母が洗面所のところで洗濯機から濡《ぬ》れた洗濯物を引っぱりだしていた。

「みゆきちゃん、昨日夜洗濯機回してたのね。なんかあったの？」

「あ、それはですね……」

まったく記憶にないことを弁明するのは、とても難しいのだということを、みゆきは学んだ。

みゆきが一限目をサボらずに大学に行ったのは、奈華に対する情の浅さや深さは関係なく、目覚めた直後に身内以外の人間が駆けつけてもたいへんだろう……という常識的な気づかいによるものだった。

とはいえあまり講義に身が入らず、今日のみゆきに発表の順番が回ってこなかったことはまことに運がよかった。

今日は学生にとっていちばん憂鬱《ゆううつ》といっても過言ではない一限目があるが、それ以外の講義は入っていないから、みゆきは講義のあと中庭でぼんやりとミルクティーを飲みながら物思いにふけっていた。

ポケットからシャリ〜ンという音が響く。メール着信用に設定している音だ。

みゆきはポケットからスマホを引っぱり出す。香坂からのメールだった。題は「検診について」。

《おつかれさまです。ご体調はいかかですか？

検診についてですが、保健所は混みあっていて、しばらく大人の検診ができないそうです。

辻村さんのお宅の近くの病院でしたらいつでも対応できるそうなのですが、ご都合のい

い日を教えてくれませんか？》

その下に書いてある病院の名前に見覚えがある。

奈華の入院しているところだ。

みゆきは香坂に電話をかける。

「おはようございます、辻村です」

『おはようございます。体の調子はどう？』

「ちょっと筋肉痛になってるくらいですね」

心当たりはある。昨日全力疾走したから……。みゆきはまだ若いので、翌日に筋肉痛が来る。

「それで検診についてですが、私、今日これからの時間だったら大丈夫です」

『あらそうなの？　だったら私たちも立ちあうわ。お昼過ぎでもいいかしら？』

自分一人で受診する心づもりだったみゆきはちょっと慌てた。

「え、急ですけれどいいんですか？　私日程ずらしますよ」

『大丈夫大丈夫』

切ってみゆきはちょっと考えた。私たちって、香坂さんの他に誰か来るの……？

とりあえず学食でささっと食事を済ませ、みゆきは病院に向かったのだった。

病院の駐車場近くで待っていると、赤いパッソが横付けされた。中から顔を覗《のぞ》かせたのは香坂。

「こんにちは」

言いながら彼女が降りてくる。

「あ、こんにちは」

みゆきから見て奥のほう、運転席に座っている小野が体をこちらに傾けて「こんにちは、今日はよろしくお願いします」と言った。そうか小野さんかあ。

なんとなく、勝山が来ると思ってた。

「私、駐車場に停《と》めてきますね」

「よろしく～」

みゆきは香坂と、パッソが去っていくのを見送る。そういえば昨日香坂が乗っていたエクストレイルは大丈夫なんだろうか。臭いの点で。

「あの……」

香坂があぁ、と声をあげた。どうやら彼女も同じことを気にしているらしい。

「うちの小野のこと？　不安だろうから同じくらいの年頃の女の人がいたほうが安心かなって思ったの」

全然違うこと気にしてた。お気づかいはありがたいが、香坂もかなりみゆきに年齢は近いと思う……はて。

みゆきは軽く眉根《まゆね》を寄せた。先日からちょこちょこ感じていた違和感がなんだか形になりそうだった。

「お待たせしました！」

しかしその前に小野が小走りで近づいてきたので、みゆきはそれについて考えるのを中断することにしたのだった。

検診というからなんか血でも抜かれるのかと思ったが一切そんなことはなく、大学で行われる健康診断に似た感じのことだった。

「はいじゃあ、これはどっちが開いてますか～」

「上で～す」

「じゃあ次」

「右……ですか？」

「じゃあここに書いてあるひらがな読んでください」

「えー……こ、か、く、へ……」

「はいじゃあこれ持って、次五番へ行ってください。まっすぐ行って突き当たり左に受付があります」

……というか、一部は完全に健康診断そのものだった。

ありがたいことに結果は当日中に出るそうで、その分少し待つことになるとのことだった。せっかくだから奈華の病室の様子をちらっとうかがってこられないかな、と思いながらみゆきは待合室のイスに腰掛ける。

「辻村さん、ミルクティーでいい？」

「あ、はい。ありがとうございます」

覚えていてくれたんだ……とちょっと嬉《うれ》しい。

「小野ちゃんはお水ね」

「私そろそろコーヒー飲みたいんですが……」

「ダメよ。胃が荒れるでしょ」

小野は悄然《しょうぜん》と頷《うなず》く。

「ハイ……」

もしかしたらこの人のほうが検診受けるべきなのかもしれない。

そんなことを考えていると、聞き覚えのある声がかけられた。

「……みゆきちゃん？」

「あ、おばさん」

ちょうどよかった。奈華のことちょっと聞こう……と思ったら、おばさんは顔色を変えて詰め寄ってきたの。

「どこか体調悪いの!?　だから無理しちゃいけないっていったでしょう！」

「え、ああ……」

言われてみれば確かにこの状態、体調崩した人の様子だ。

「こちらの方々はご親戚《しんせき》？」

「あ、いえ役所の方々です」

この回答は悪手だった。普通個人の検診に役所の人は同行しない。当然、おばさんは不審者を見る目を二人に向けた。

「どういうこと？　お母さんはこのことご存じなの？　お二人ともこの子とどういうご関係なの？」

おばさんは、みゆきをかばうような立ち位置になって二人にまくしたてた。

――あああ、やっちゃった……。

結局おばさんの通報によって、みゆきの母が病院にやってきた。というかこの二人、付きあいあったのか。

事情を聞いた母は、おばさんよりは冷静だった。くらし安心支援室の二人からみゆきよりもよっぽど落ちついた態度で名刺をもらって、簡単な事情説明を受けたあと、みゆきのほうを向いて一言。

「なんでみゆきちゃん、お母さんに話さなかったの？　最初からは無理でも、今の五段階くらい前から話せたでしょ」

「私、うまく説明できなくて……」

心の中でのツッコミもだいぶ放棄しているみゆきには、自分の置かれている事態を説明するのはかなり難易度が高かった。

二人の説明を今聞いたあとだと、そっかーこう話せばよかったんだなーと思うが、みゆきの人生経験程度では一からあの事態をまとめられない。

「申しわけございません。ワタクシどものほうからもご連絡すべきでした」

　香坂が頭を下げる。

「あいえ、学生とはいえうちの娘はもう成人しています。ですからこれはうちの娘にも責任はあります」

　あ、これは帰ったら怒られるやつだとみゆきは覚悟した。

「それでその検診はもう結果出たんでしょうか」

「……の、ようです」

　母の問いを受け、香坂がちらっと目を横に向けると、看護師さんが所在なげに立っていた。お忙しいところすみません。おばさんを除き、ぞろぞろ連れだって診察室に向かう。

　診断結果を見たお医者さん曰《いわ》く。

「これはちょっと珍しいですね」

　なにかSF（すごく不思議な）力を持っているのかと思ったら、全然そんなことはなかった。

「検査の際、なにも起きませんでした」

「あら珍しい」

　香坂が呟《つぶや》いた。

そんなに珍しいの……？　というか普通の人はなにかしら起こるの……？

「この子の体調にはなんの障りもないということですね？」

母は母で落ちついている。そんな母に香坂が補足説明を加える。

「お母さま、お嬢さんは何者かが今回のような現象が起こそうとした場合、その影響を受けないか無効化するという体質をお持ちです」

それは……いや、どういうことなんだろう。

「そうなんですか？　赤ん坊のときの検診ではなにも出なかったんですが」

「あれは簡易的なもので、あるものは計測できても、ないものは計測できないんです」

母はよくわかっていない顔をしている。みゆきも多分同じ顔をしている。

しかし母は、「あ」と声をあげた。

「そういえば心当たりあります」

「と、いいますと？」

「この子が小学生のとき、学年で校舎に泊まる会があったんですが、集団ヒステリーが起きたんです。子どもたちが泣き出したりうなされたりしたらしくって。でもこの子だけケロッとしていたって。この子ぼんやりして集団行動に向かないから、集団ヒステリーにも向かないのかなあと思ってました」

お母さん、ひどい。

「あのとき子どもたちが揃《そろ》って『小さな女の子が』って言ってたけど、あれはヒステリーじゃなくて怪奇現象的な話だったのねえ……」

なんでかしみじみと言う母に、小野が手帳を取り出しながら、

「お母さま、そのお話くわしくお教えいただけますか？」

ずいぶん真剣な顔だった。

なるほど、こういうふうにくらし安心支援室に回ってくる前に、集団ヒステリーで処理された事件とかあるから、けっこうたいへんなお仕事らしい。

※

「私は他人《ひと》任せにして、自分の趣味を広めたいと思わないんですよ！」

「あっ、わかる」

力説する馬場に、みゆきは思わず声をあげた。

例の事件について意見を共有しているうちに、なんでかそういう話になってしまっていた。

自分だって満足のいく論文を完成させたいけれど、仮にどれほど行き詰まっても完成し

た論文だけを誰かからもらいたいわけじゃない。夜中に勝手に作ってくれて嬉しいのは、「こびとさんのお靴」くらいなもんである。

「欲しい資料が見つかりやすくなるおまじない」だったら、心惹《ひ》かれてしまったかもしれないけれど。

「そういえば、藤壺と弘徽殿の話、興味持ってくれた人いたよ」

「えッ！」

「ちょっとご年配の方だけど」

なにせ自分たちの親世代なので。

けれども馬場は、それで一切ひるまなかった。

「そんなのかまいません！　どこのどなた……あっでも、その方が名を伏せたいなら、困らせちゃうから、今度確認してください。あと、どういうところに興味をお持ちなのかも聞いてください!!」

勢いこんで詰めよる馬場に、むしろみゆきのほうが少しひるんでしまう。

「う、ん……わかった。今度聞いとく」

「辻村さん、ありがとうございます……そうです、こういう関係と会話の積み重ねで私は藤壺と弘徽殿のことを好きになってほしいんです……」

馬場との関係と会話の積み重ねの結果、なんかいつも聞かされているせいで、藤壺と弘徽殿のことが公式な気になりつつある自分が最近怖いみゆきである。

「そっか……あ、馬場ちゃん入浴剤あげる」

あのバースト事件の日に使えなかった入浴剤を、なんかずっと持っていたことを思い出し、みゆきは馬場に差しだした。

「え、ありがとうございます。しっかり温まりますね」

「うん……」

素直に受けとってくれる君が好きよ。

「そういえば馬場ちゃん、中森……さんのこと覚えてるよね」

「はい」

「そっか……実はね」

中森誠也《せいや》という人間はいなかったらしい。

「は？」

「……ってなるよね、そうよね」

馬場と向かいあって、みゆきはため息をついた。同時に、馬場がちゃんと中森のことを覚えていてくれてほっとした。他の者の記憶からは中森のことは消えうせていた。

秦野なんて話を振ったら、「そもそもそんなことをぬかすあなたが、実在する人間なんですか？」って顔をしていた。あれは異様な質問をするみゆきの存在自体を疑うまなざしだった。あいつの恋はもう見守ってやらん。

それにしても、絶対におかしいと思う。これまで彼がやっていた仕事は確かにあって、例えばレファレンスとか、消耗品の発注とか。

ここで働いていたことだって、そもそも履歴書を出したりとかしていて……もし彼が物理的に実在していなかったとなると、物理的な痕跡《こんせき》が残る仕事はこれまで誰がやっていたのか、ということになる。

もしかして自分が無意識のうちにやっていた……とか？　うーん、怖い。

実をいうと、この想像は怖いものではあるけれど、同時に好奇心を刺激するものでもある。みゆきは知識欲は強いほうだ。小学生の頃に縄文人はドングリを食べていたと学んで、かじったドングリがおいしくなかったことが現在の論文テーマに至るぐらいには、忍耐も強い。言いかえれば、執念深い。あるいは頑固。

そういうSF（すこし不思議）案件に対して、一度興味を持ってしまうと、行ってみても……いいかな？　と思ってしまう自分がいる。

「辻村さん、こんにちは」

「あ、はい、こんにちは」

……のだが。

「それはこちらのほうで、ある程度記憶処理することもあるのよ」

購買前で鉢合わせした香坂（軽装備）に答えをもらって、ちょっとがっかりしてしまった自分がいる。

『メン・イン・ブラック』ですか？」

「ニューラライザーね、あれ便利よね」

香坂がニカッと笑う。みゆきもつられてちょっと笑った。

「私、3がいちばん好きです」

「そうなの？　グリフィンみたいな能力持ってる人いるわよ」

「えっ、そうなんですか!?」

忙《せわ》しなく未来を見るアルケイナン星人。実はみゆき、彼が好きなのでちょっと心ときめいてしまった。

「まったく同じじゃないけど。むしろ真逆なところもあるけれど」

似てるけど真逆とはどういうことなんだろうか。すごく気になる。これを知るためだけに就職決めようとまでは思わないけど。

完全に本筋から話はそれてしまっているが、購買近くでの話題としてはこっちのほうが合ってる気がする。みゆきなんて、この前ドタバタしたせいでどっかいって、もらいなおした「BUN！ BOU！ GOOD!!」を持ったままだし。とっても平和。

「場所変えましょうか」

「はい」

今日の香坂は外に出ても大丈夫らしい。この人日光湿疹《しっしん》とか持ってるのかなあ、とみゆきは思っているが口に出さない。病気のことはデリケートな問題だから。


中庭に移動して、盛りをとっくに過ぎたツツジを前にして話を続ける。

「記憶処理なんてする必要あるんですか？ それやっちゃったら、くらし安心支援室の知名度いつまでも上がらないですよね」

「そうなのよね」

香坂は遠い目をする。

「あの中森？　ああいうのって、無理矢理《むりやり》この世界に存在を割りこませてるから、消えるときに揺り戻しがあるの。だから頭に記憶が残ってると、その揺り戻しで不調が出る場合があって」

「そうなんですか？」

「それは別件。あのときあの場って、あいつに汚染されて近づくだけで気持ち悪いものだったの。辻村さんすごいわ、全然影響なかったんだもの。ほんとにウチに来てくださらない？」

流れるように勧誘されて、さすがにみゆきは戸惑った。

「え、そうなんですか？　でもそういう不思議パワーがないのって、適性ないってことじゃ……」

「そんなことない。私たちが当てられて無力化しても、辻村さん動けるから、すごく助かる」

「ははあ……つまり、合コンで潰《つぶ》れた人を介抱するシラフの人状態ってことですね」

納得した。

「アラ喩《たと》えが若いわね」

「そうですか？」

合コンなんて、相当前からあるものだと思うんだが。

「あ、そうだ。馬場ちゃん、や、後輩に、記憶残ってるのは、問題ないんですか？」

「当事者だから記憶が焼きついてる状態ね。そのうち忘れるから大丈夫。忘れなかったら、彼女もこの仕事の適性あるってこと」

なるほど、どっちにしろ問題がないならかまわない。

「やっぱり……母子手帳に書いてあるんですかね」

やっぱりそこが気になる。

「どうでしょ。あれは簡単な検査だし、大人になってから能力アリになる人もいるから。私ね、辻村さんも最近になってから能力ナシになったと思うのよ」

「そうなんですか？」

「だって、あなたみたいに強い能力ナシだと、最初から本のターゲットにならないはずだもの」

「なるほど」

目次にみゆきの名前が書いてあったのがぐちゃぐちゃに消されたのは、そのせいらしい。

「……そういえば、お友だち、あのあとお元気になった？」

「まだリハビリ始まったばっかりですけど、本人はやる気とてもあるみたいで」

本の目次に名前が載っていた奈華は、おまじないを実行してしまったものの、相手と結ばれる前に交通事故に遭ったせいで、魂が半端に本に取りこまれている状態だったという。

だから意識は本と肉体の間をウロウロとしていたのだとか。

しかも意中の人が。眠る奈華に「子どものころからずっと好きだった……」と話しかけたことがきっかけで、おまじないと関係なしに両思いだったんじゃない！　と激怒したため、本に取りこまれきらないよう中でずっと抵抗していたのだという。クーリングオフ制度適用されないんだな、あの本……と思った。

なおあの本、みゆきが触ろうとするたびに落っこちていたのは、奈華が助けを求めていたから……なんて感動的な理由ではなく、能力を無効化されるのが嫌で本が逃げていたからららしい。なんて締まりのない真実だ。

「眠ってる間もずっと話を聞いてくれていたことがわかって、なんかすごく嬉《うれ》しかったです」

ようやく面会が許されたみゆきに、奈華は「ずっと話しかけにきてくれたね。聞いていて、ずっと言いたかったことがあるの……」と言った。

感動的な流れになるのかな、と思ったら、直後に「あんたの人生濃ゆすぎ」と言われて、ちょっと台無しな気分になった。

でも隣で阿部とおばさんが、大笑いしていたからよしとする。

なお案の定、なんで母さん、私よりみゆきと仲いいの！　という抗議の声を聞けて、みゆきもおばさんも大満足である。

今度みゆきちゃんにリンゴをはいアーンとかやってみたいわ〜とかおばさんは言っている。おばさんがお元気になったようでなにより。奈華が笑い死にしたらどうしようとは思っている。

ところで奈華の意中の人というのは阿部らしく、彼は日記を読んだおばさんから、奈華の想《おも》いを知らされていたという。

「俺もずっと好きだった……」

「私も……」

というやりとりはたいへん感動的だったが、横で聞いていたみゆきは「日記を親に読まれた」という事実で頭がいっぱいで、いまいち浸れなかった。そこの成立したてのカップルは特に気にならないんだろうか……これって絶対、恥ずかしいやつだよ……それともリア充の中では違うんだろうか……教えて、親愛なるミカ――。

阿部は卒業のときに渡されるカレッジリングを、奈華のぶんまで発注していたそうで、彼女が目覚めたときにそれを渡してプロポーズするつもりでいたらしい。馬場は「重い」と言っていたが、みゆきはシンプルに感動している。

お式にぜひ呼んでくださいと言ったら、おばさんに「親族席用意するから！」と言われてしまった。さすがにそれは……。

とはいえ親族席に座ったら、間違ってもスピーチを頼まれることがないんじゃないか、という発想に至ったので、即座に断らず返事を保留にしている。

それにしても馬場、中森が苦手ということはなにか察するところがあったからなのかと思ったが、阿部や秦野のことも苦手らしいので、単純に男性が苦手な可能性が高い。当然秦野との関係は進展する気配もない。

もしかしたら将来、男性全般に対する苦手意識が消え去って『源氏物語』を読んだら、光源氏の魅力に目覚めるのかもしれない。それとも「やっぱり光源氏はダメ」という気持ちのままなのか。どっちにしろ藤壺×弘徽殿への志は捨てないんだろうなと、みゆきは確信している。

さて、いいかげん聞いてみたいことがある。

「こういうのって、デリケートな話題だったら、注意してほしいんですけれど、お聞きしたいことがあって」

「なあに？」

「香坂さんはどんな能力をお持ちなんですか？」

「私ね、吸血鬼なの」

……ほほう。

「あ、血とかは吸わないし、もし私が吸ってもあなたが吸血鬼化するってことはないから、安心してね」

「それってやっぱり現代の人間、抗生物質打ってるからマズいんですか……」

それを聞いた香坂が大笑いした。

「ヤダ、おもしろーい。その発想はなかったわ……。人の血じゃなくても大丈夫ってことよ。私は鉄瓶でことこと煮込んだトマトジュースで充分ハッピーになれるし」

焦げつきそうだな。

「ムスコはシュラスコの食べ放題で満足するし」

それはみゆきも満足する……いや、息子？

「お子さんいらっしゃるんですか？」

「エエ辻村さんより六歳くらい年上なの。もう三十近いっていうのに、まだ反抗期みたいな感じで困ったコよ。いつも私のことババアって言うし」

……………。

えっ？

さて、みゆきのやることはこれでおしまいだったが、くらし安心支援室の人たちにはまだやることが残っている。

※

質問者（質）・小野夏来《なつき》　回答者（回）・馬場さつき
注意事項①：質問者と回答者は数年前に面識がある。また回答者は道庁くらし安心支援室所属の峯崇《みねたかし》の知人である。
注意事項②：面談に先立ち、回答者より以下の内容を記した紙（B5ルーズリーフ用紙一枚。回答者による手書き）が提出された。「？」の部分は回答者が判字不明な部分を補ったもの。

書いてあった内容
○一枚目
この本を、N・Sより馬場さつきに捧《ささ》げる。

○二枚目（目次？）
合法的に大金が手に入るおまじない↓草加要
職場のお局《つぼね》が男に騙《だま》されて退職するおまじない↓勝池樹里
おばあちゃんが長生きするおまじない↓緑川尊
ライバルが悔しがりながら自分の負けを認めるおまじない↓升野主税
意中の人の心を摑《つか》むおまじない↓二宮奈華
？しい？料が見？かり？？？？（多分四字）おまじない↓辻？？？き
皆が自分の好きなカップリングを応援するおまじない↓馬場さつき

質：お久しぶりです馬場さん、その後体調はどうですか？
回：大丈夫です。小野さんも大丈夫ですか。

質：大丈夫、ありがとう。

回：はい。それで、すごく実行したくてしたくてしかたがない気持ちになったんです。しなきゃ死んじゃう、みたいな。

〜中略〜

質：よくやらずにすんだわね。それなのに、その本に書いてあったのをこの紙（注意事項②参照）に？

回：だって、ものすごく腹も立ったんですよ。私、……藤壺と弘徽殿の関係は、おまじないで広めたいわけじゃない。私とまだ見ぬ同好の士の、愛の積み重ねで増やしていきたいと思ったんです。

質：はあ、そうなの。

回：それに辻村さんまでターゲットにしてたなんて許せない。私ほら、峯さんと小夜《さよ》が旅行したときにおみやげに買ってきてくれたお守りがあるから、なんとかなるかなと思ってましたし。

質：お守りを過信しないようにね……。

※

質問者（質）・香坂嘉子　回答者（回）・二宮奈華　立会人（立）・二宮和歌《わか》（回の母）
質：本日はお時間とってくださりありがとうございます。
回：いえ、こちらこそお待たせしてしまって。
質：お体の回復のほうが大切ですもの。
回：ありがとうございます。
〜中略〜
質：それで本の中と体の両方に意識が？
回：はい。本にとっても予想外なことだったと思います。あの「中森」が、手元に戻った本を見て動揺していましたから。
質：そうなの。たいへんだったわね。
回：半分寝ぼけていたので。けれど本がみゆきをターゲットに選んだときはさすがに真剣に起きたいと思いました。なのにみゆきが手に持った瞬間、一気に力が吸いとられる様子で、すぐ名前にバッテンつけてたのは笑いましたね。あとみゆきがあの本盛大に燃やしたのも笑いました。
質：まさかあなたが中にいるとは……怖くなかった？
回：いいえ。私もずっとこのままでいて、家族や友人を縛るくらいなら、このまま一緒に消えたほうがマシだって思ってました。
立：奈華。
回：お母さん、ごめん、泣かないで。それになんとなく、これで出られる感じもあったから、早くやってほしいという感じでしたし。
質：それはよかった。
回：あのとき一緒にいらしたの香坂さんですよね？
質：ええ。
回：お見舞いに来てくださったとき、外見が変わっておいでなのでびっくりしました。
質：……それなのによくワタクシと面談なさる気になってくれましたね。
回：みゆきが信用している人なので。母もみゆきちゃんにも関係あるなら、と今回のことを受けいれてくれました。

※

香坂は、二宮奈華の聞き取りの内容を淡々と説明する。

「……それで、作者の中森誠也だった者が学生に渡し、その学生が強い欲求を抱いた時点で本の力が作動して、開くとその欲求に応じたまじないが目に飛びこむ。すると絶対にやりたいって気持ちになる。そして有形無形のなにかと引き換えに、まじないを実行する、と」

「時限爆弾型猿の手じゃない。それじゃあ共通点見つからないわけだよ」

「モノによっては、猿の手よりも穏便な対価だけれど」

例えば緑川尊《みどりかわみこと》氏の「おばあちゃんが長生きするおまじない」は、夫が死んで意気消沈した祖母に生きる活力を与える代わりに、祖母が同担拒否のジャニオタになったというものである。

まじないを実行した本人が特になにかを引き換えにしたとも思っていないせいで、今回の事件ではじめて、彼が被害者（？）であったことが発覚した。

なお彼こそが阿部の語っていた都市伝説の発生源で、そりゃあこれがきっかけだったら

「いつの間にか手元にあって、困ったときに力を貸してくれる本」という、ハートフルな感じの言い伝えになるのも無理はない。

けれども他は大体悲惨。

『中森』は、なぜそんなことを？」

早坂が顎《あご》を指でつまんで問いかける。

「二宮さんの話だと、色んな人間の願いを叶《かな》えてあげたいって気持ちだったんじゃないかって」

「善意系か〜」

聞いてる人間全員、特に驚きもしなかった。善意の人が暴走するなんて、こういっちゃなんだが、実にありふれた話だ。

くらし安心支援室では、室長の勝山が「若い子のパワーってすごいなあ」と遠い目をしている。

「そうね、処理した辻村さんはもちろんだけど、気合いだけで本の呪いに耐えてメモった馬場さんもすごいわ。彼女、峯くんの彼女なんですって？」

峯が、書いた字をフリクションの後ろ側で消しながら、首を横に振る。

「いや、僕の彼女の友だちです」

絶妙に遠いご関係。

「アそうだったの、でも世間って狭いわねえ」

「そうっすね」

ごきげんな香坂は、峯を相手ににこにこ会話している。

紙を持った小野が口を開く。

「勝山さん、続けて私のほうの報告いいですか？」

「もちろん」

「えー、それで登録番号01-2015-0728の消滅は、これで確定だと思われます。あと、過去の被害者の名前がこれで確定しました。この後被害者を照合しなおして、多分ないとは思いますが、事故死とか病死扱いの人がいたら『怪死』案件で登録しなおしますね。あと、今回の聞き取りの内容についても、近日中に文字起こしします。峯くん香坂さんの分お願い」

「はい」

「で、馬場さつきさんのメモをもとに、どういうしくみだったかもうちょっと解析して、そうですね……来月中にはデータベースの記録を修正します」

「はい、お疲れさま。燃えかすの始末は早坂くんに任せていいかい？」

「……はい」

一瞬の間に、彼の不承不承感がにじみ出ている。

「燃えかすはバケツに入れて、給湯スペースの隅に置いてるから～」

「…………はい」

香坂の言葉に、より長い間をとって早坂が返事をした。実に不本意そう。

それとは対照的な香坂は、声を弾ませて勝山に話しかける。

「勝山さん、今回、いい人材見つけられたわね」

「そうなの？」

「辻村さん、あのコすごい〝能力ナシ〟よ、それもかなり広い感じ。検査で出る範囲よりもすごいと思うわ」

「それはすごい。でも根拠は？」

「あの本を燃やした後、あの子を〝操って〟家の中に戻そうとしたんだけれど、それができなくて」

「でも香坂さん、そもそもそっちの力使うの下手でしょ」

「違うのよ。うちの息子動員してもできなかったのよ」

「そりゃあすごい……。〝アリ〟の場合と違って、〝ナシ〟の場合は検査方法まだ確立してないしねえ。でも操れなかったんなら、どうして彼女を家に入れられたの？」

「それはねえ」と、香坂がちょっと悪い笑顔を浮かべる。

「おうちの方のほうの記憶を、ネ。チョチョッと……」

みゆきの母に、「自分たちのほうから連絡すべきでした……」とか、殊勝なことを言った人間の発言とも思えない。

それを聞いた勝山がふう、とため息をつく。しかしそれは、香坂のギリギリどころか余裕でアウトの所業に対して遺憾の意を表しているから、というわけではなかった。

「それも響一《きょういち》くんにやらせたんでしょ。彼もいい歳《とし》なんだから、あんまり振り回したらダメだよ」

「はい」

一瞬すんっとなったが、香坂はすぐに気を取り直して熱く語る。

「あとねえ……うちの専門分野の対処は私好みだし、倒れた人の処置とかも意識してるみたいだし、怒るというか感情が昂《たか》ぶったときにかえって冷静になるし、絶対向いてるわよ。私あのコ育てたいなあって」

一方の勝山は冷静だった。すい、遠い目をする。

「それは、公務員試験との兼ねあいがあるから……」

「あーん、残念」

「まあ、おいおい相談しましょう」

さすがにこの件については、香坂では覆しようもないのだ。

「あ、勝山さん、お話し中にすみません。ちょっと聞いておきたいことがあって。これ仮称ついてなかったんですが、どうしますか？」

小野の問いに、勝山は特に考える様子もなく答える。

「んー、『オーダーメイドのおまじない』でいいんじゃない？」

そんなことをいちいち真剣に考えていられるほど、珍しい感じの事件でもない。

※

「うーん……」

当時の事件を振りかえっているうちに、ちゃんと資料も見ようと考えたみゆきは、寒い資料室で唸《うな》っていた。

——やっぱこの業界特殊だよ。

登録番号：01-2015-0728
仮称：オーダーメイドのおまじない
キーワード：善意系　時限爆弾型　猿の手

そんな出だしで始まる当時の報告書は、キーワードは大体ふざけているように見えるが、この職場ではわりと聞く単語。他の都府県もこんな感じなんだろうか……中身はちゃんとまとまっている。

みゆきは馬場や奈華の聞き取りを文字起こししたものを読み、「へえ、こんな感じだったのか」なんて思う。それにしても自分の名前がしょっちゅう出てくるのは、なんだか不思議な感じがある。

それにしてもこうやって客観的にまとめられた資料を見ると、自分は色々気が回ってなかったうえに、危ない橋を渡っていたなと思う。へたすれば奈華死んでたんじゃないかコレ……。

当時の自分は「終わった終わった、とりあえずよかった」で済ませていたところがあったから。中森のこととか、まじないのしくみのこととか……ここ入ってすぐこの資料読めばよかった。

去年奈華が母校に教育実習に行ったら、「当時の自分の作文があった」と微妙な顔で語っていた気持ちがちょっとわかる。あれと同じ感じだ。奈華は馬場と同じ学年として無事に復学し、教員採用試験も無事に受かって、現在新年度までのモラトリアムを阿部と一緒に楽しんでいる。

奈華は早い段階で一度は離島で勤務することになるだろうから、遅かれ早かれ阿部と遠距離恋愛になるのだが、周囲の誰もこの二人の破局の心配はしていない。これで破局したとしたら、それはもう避けられない運命なのだ……。

みゆきは奈華が、おいしいドングリクッキーの授業をしてくれるのを楽しみに、去年の秋もツヤツヤのドングリを拾っておいた。

さて今こんなふうにくらし安心支援室で働いてはいるものの、みゆきは在学中に迷った進学の道を、完全に捨てているわけではなかった。もしかしたらみゆきは、奈華よりもモラトリアムな感じで生きているのかもしれない。

とはいえ、スカウトを受けると決めた時点では、ここでしっかり働こう！　みたいな気持ちにはなったのだ。

しかし勝山と香坂は、教授のところに出向いて頭を下げてこう言った。

「すみません、公務員試験の出願期間を過ぎたので……」

「あ、そういう優遇はないの」

「ありませんね。不公平になるので」

ということは、この二人も公務員試験には合格してるんだなと、教授の隣でみゆきはちょっと感心してしまった。

「少し不思議パワー枠とかないの？」

「そんな感じのは確かにありますが、そっちも期限……」

あるんだ。

そして出願期間過ぎちゃったんだ。

「君ら特殊な仕事なんだから、試験関係なしでもいいじゃない。宮内庁の鵜匠《うしょう》とか世襲制だけど非常勤の国家公務員だし」

「うち世襲制ではないですし、それにその例を適応すると給料が月に一万円未満になりますよ。生活できませんて」

「そりゃダメだ。食っていけない」

確かにそれは困る。まだ図書館でのバイトのほうが稼げる。

みゆきが後で調べたら、他から報償も出ているらしいが、鵜匠と比べると、そこまで出してもらえるほどの価値は自分にないと思った。謙遜《けんそん》とか卑下とかじゃなく、なんせ自覚的なものじゃないから。なにかと比較するって大事……。

「あと、他の仕事してもらえなくなるので。我々、優先的に今の部署に回すくらいの融通はきかせてもらえますが、道庁で働くので、他の部署に応援に行ったり出向したりすることもあるんですよ。なもんで、最低限の基準は満たしている必要はあるんです」

かいた汗をふきふき言う勝山に、教授の納得は早かった。

「なるほどそりゃ仕方がないね、辻村さん」

「そうですね」

みゆきとしても、くらし安心支援室で働いている人が無試験でもあんまり気にならないが、他の部署で働いている人が無試験になると考えれば、うーん……って感じになる。あ、これって差別かもしれない。

「ですが、来年度非正規での雇用は可能です」

やけに力強く香坂が言う。

「そう……辻村さん」

「はい」

「来年度非正規で働いてみるのはどう？　どうせ君、今から思い立っても公務員試験受かれる感じじゃないから、お金稼ぎながら試験勉強しなさい。大学院の試験勉強にもなるだろうから、就職か進学か確定したところでどっちか受ける」

「なるほど……」

それは、みゆきにとってはだいぶアリな提案だ。決定を先延ばしにしたと言われたら、それまでのことであるが。

「新卒って価値をドブに捨てることになりかねないけど」

言い方がだいぶひどいのだが、多分教授は今日も、勝山たちにちょっと怒っているとみえる。

「あー……そこはあんまりこだわりないです」

院に進む可能性を模索していた時点で、みゆきは一般企業での新卒枠については諦《あきら》めている。なにもかも手に入れようとまでは思わない。

「二年間くらい働いて、第二新卒枠を狙ってもいいしね……あ、お宅って更新は可能なんですよね？」

「はい、五年間は」

……という感じで、みゆきはここに勤めて二年目を終えようとしている。

なお去年については、普通に公務員試験に落ちた。

それにしても、結局あの本を消滅させたのは、本当にみゆきがぶっかけたりまぶしたりしたアレコレの力によるものなんだろうか。どれかが効いたんだろうかと思ったんだが、もしかしたらそれは関係なくて、みゆきの未《いま》だによくわからない能力だけで消滅したんだろうか。

もしくはみゆきが効くと信じたから、「お塩にスパイスそれにすてきなもの」が効いたんだろうか。だとすると効くと信じたきっかけは、過去の「実際に効いた」という事実（あるいは伝承）によるものだから、あれ、なにを考えているのか……。

ガチャ。

ドアノブが回り、香坂が顔を覗《のぞ》かせた。

「辻村さん、あんまり根詰めちゃダメよ……アラヤダなにこの部屋寒い！　暖房もっと強くしなさい！」

「節電を……」

「それは不要な電気をよ！　人がいるときは必要なぶん使うのよ！　一回戻ってらっしゃい。温かいものいれてあげるから」

「あ、はい」

廊下に出るとふわりと暖かく、みゆきはちょっとぞっとした。いつもだったら廊下に出た瞬間寒く感じるのに、むしろ暖かく感じるなんてどんだけあの部屋寒いの……。

「勝山さーん、カルピスもらうね！」

「えっ、やだ」

「勝山さんみたいにやたら濃く作るわけじゃないから、そんなに使わないわよ」

そう言うと香坂は、来客用のマグカップに勝山のカルピスとお湯を入れた。みゆき専用のマグカップは、今頃みゆきのデスクの上で冷めた紅茶を大事に抱えているはずだ。

そして、冷蔵庫に入れているショウガのチューブを少ししぼり出す。こちらは勝山のではなく、香坂の私物だ。

「はい、どーぞ」

「わあ、ありがとうございます」

みゆきはふうふう息を吹きかけながら、ホットカルピスジンジャー風味をちびちびとすする。温かいものを飲むとちょっと鼻水出るのってなんでだろう……みゆきは鼻をちょっとすすって問いかけた。

「香坂さん、呪いとか異能とかっていったいなんなんでしょう。なんか……わからないんですよね。ジャンルとか分類とか、表面的にはけっこうわかりやすくて、細分化されている感じはあっても、同じところに属するようで、こう……根っこが違う場合があるんじゃないかなって」

「それはどういう？」

自身も勝山のカルピスをちょろまかしている香坂が、聞き返す。

「ある現象が起きるとして、その動力が片方はAでもう片方がBだとしたら、同じ対処法でなんとかなることってあるんでしょうか」

「うーん、私は火が点《つ》いたとして、それがマッチによるものなのか、日光で点いたものなのかは関係ないと思ってるわね。水をかければ消えるの」

「な、なるほど」

実に彼女らしい話だ。

「と、いうふうに信じてるからどうにかなってるのかもしれないわ。私は正直自分の種族のことと、公務員試験の勉強しかしてなかったから。無知だからこそ発揮できているのかもね、そういう力」

「無知……のほうがいいんでしょうか」

あの日もし「みゆきが信じていたから」消滅させることができたのならば、これからみゆきが色んなことを学んで、頭から信じることができなくなったとき、なにもできなくなるのではないかということである。例のよくわからない能力は別として。

「まあ、そのときはそのときよ」

香坂はあっけらかんと笑う。

「普通の公務員として働くのもありだし、この分野について知っていることを生かして、保健所関連の仕事とかもありだと思うわよ。私としては来年こそ辻村さんに公務員試験受かってほしい。そしてうちの正規になってほしい」

後半やけに熱がこもってた。

「他の人にも聞いてみたら？　仕組みについて学術的に専門的なことなら早坂くん、現場的に役立つことなら小野ちゃんのほうが参考になるわよ」

「はい」

みゆきはこくりと頷《うなず》いた。確かに二人のほうが、だいぶ正解に近い回答をくれるに違いない。

エピローグ

「どうですか、パワポの出来」

年度初めのばたばたした時期が終わったところで、みゆきは手直ししたパワーポイントを自分の席で香坂《こうさか》に見せた。

「えー、いいじゃな～い」

香坂はきれいにネイルの施された指先で、ノートパソコンのタッチパッドをポンポン押してスライドショーを進める。

今日の香坂は若い姿ではなく、実年齢と服装が完全に一致したお洒落《しゃれ》なマダムなのだが、素の香坂が若々しく見えるのでちょっとややこしい。みゆきは香坂（マダムの姿）を見ると、なんかマレーネ・ディートリッヒに似てるなあと思う。実年齢より若く見えるのも、お洒落なのも。

「この、文字が横からシュッて出てくるの、よくできるわね～」

「おかげでクリックの回数増えちゃうんですけどね」

みゆきはちょっと苦笑いした。自分の知ってるスキルを盛りこんだのはいいものの、かえって使いにくくなってるかもしれない。卒業研究発表のときにパワーポイント作成を頑張った結果、手元の操作と話す内容の処理で頭の回転が追いつかなくて、心底焦ったのは嫌な思い出だ。

あとで小野《おの》にも見てもらって相談しよう……と思ったところで、小野の声が響いた。

「コーヒーで〜す」

本日朝のコーヒー当番だ。

「香坂さんのもここに置いていいですか？」

「ありがと」

小野はみゆきのデスクにカップを二つ置いた。踵《きびす》を返す彼女の後頭部をみゆきはじっと見る。パワーポイントの件ではなく、まったくの別件。あのきれいなくるりんぱの髪型、今度やってみたい……。

「ネコのシーンなんだけど」

「あ、誤字……やだ恥ずかしい、直します」

「特に数字は気をつけるようにね」

「はい」

みゆきは素直に頷く。

書類作りの常識である。もちろんみゆきだって知ってはいたが、それで間違っているんだから説得力というものはない。

スライドショーを見ている香坂が、首からかかったIDカードをひょいと肩にかけて、マグカップに手を伸ばす。彼女が職場に置いているのは赤地にでっかくAと黒字で書かれた主張の激しいマグカップである。間違いようがないあたりは実用的。

初めてこれを見たとき、みゆきはちょっと不思議に思った。彼女がいかにも金縁のカップとソーサーで飲み物を楽しみそうに見えたとしても、そんな電子レンジで使えないものを職場に持ってくるとはさすがにみゆきも思っていなかった。しかしKとかYならともかく、Aって何？　旧姓？　旦那《だんな》さんか息子さんのイニシャル？

どれでもなかった。

ご本人に曰《いわ》く、「Aというのはおいしい血液型なのよ」とのこと。

そうですね吸血鬼ですもんね！……納得より先に一瞬ビビってしまったが（みゆきはA型）、香坂が血を飲まないと言っていたことを思い出すより早く、笑う香坂に冗談よと言われた。

本人曰く「ブラックジョークならぬブラッドジョーク」らしい。いまいちこのジョークの面白さがわからなかったのは、吸血鬼カルチャーとのギャップによるものか、あるいは単純なジェネレーションギャップによるものか。

みゆきと年齢が近く、なおかつ吸血鬼体質をお持ちという香坂の息子さんにお会いする機会があれば、ぜひお聞きしたいものだと思っている。

「ン……こんなところかな」

「ありがとうございます」

「実例のところ、いい感じでまとまってたわよ」

「ありがとうございまーす」

香坂は、アメも上手にくださる教育係である。自分褒められて伸びるタイプなんで……という自覚のあるみゆきは、いともたやすく気分を高揚させた。

「ところで今年スカウトする人ってどちらの方ですか？」

まあスカウトといっても、公務員試験受けませんか？　と持ちかけるだけで、職を保証してくれているわけじゃないんだけどね……みゆきは誰よりもよく知っている。

でもそれはそれで、お金を貯《た》めたあと大学院の進学も考えられるから悪くない。教授の言うとおり、人生の選択肢を増やすことについてみゆきはかなり前向きになっている。

「辻村《つじむら》さんもよく知ってる人よ」

「え？」

「馬場《ばば》さん」

卒業後も交流のある後輩の名を持ち出され、みゆきは一瞬天井を見て意見を具申した。

「馬場ちゃん、この事件のことよく知ってるんで、実例のところ別の使ったほうがいいのでは？」

「……アラそういえば」

うーん、どうしよう……という顔をする香坂を横目で見ながら、みゆきはマグカップを手に取った。有言実行の香坂が贈ってくれたものだ。ご本人は尖《とが》ったデザインのものを使っているのに、みゆきが今持っているものは品のいいウェッジウッドだった。

はてさて、彼女はどういう結論を出すんだろう。

あとがき

これまで書いていたものと、まったく違う物語を書きました。
どう説明すればいいのか言葉に迷いますが、あえて言うなら架空の地方公共団体・北加《ほっか》伊道《いどう》を舞台にした、専門性のあんまりないライトなゴーストバスター物語です。好みに刺さる人がいらっしゃったら、嬉《うれ》しいものです。

あとがきを書くにあたり、初めて構成案を作ったのはいつだったっけ、とメールを検索してみると二〇一八年七月。形になるまで三年かかったわけです。物を作るのって時間がかかりますが、なかなかに楽しい過程でした。

去年、「おうち時間を楽しもう！」と題して、この構成案を元にした小話をカクヨムに掲載していただきましたが、その際当初の構想からかなり変わり、そこから書籍化するにあたり、さらにがらっと変わりました。
けっこう無茶な変更を受けいれてくださった担当編集さまに感謝……。あと細かいことなんですが、母子手帳を見せてくれた妹たちにも感謝……甥《おい》と姪《めい》たちは順調に大きくなってて、体重とかの数字見るだけで愛《いと》しいです。
カバーイラストは六七質《むなしち》先生が担当してくださいました。かわいい女の子ときれいなお姉さんの組みあわせが、目に楽しいです。ありがとうございました。

二〇二一年六月十五日

雪村花菜《ゆきむらかな》

富士見Ｌ文庫

くらし安心《あんしん》支援室《しえんしつ》は人材《じんざい》募集中《ぼしゅうちゅう》

オーダーメイドのおまじない

雪村《ゆきむら》花菜《かな》

2021年８月15日　初版発行

発行者　青柳昌行
発　行　株式会社KADOKAWA
〒102-8177　東京都千代田区富士見2-13-3
電話　0570-002-301（ナビダイヤル）

印刷所　株式会社暁印刷
製本所　本間製本株式会社
装丁者　西村弘美

定価はカバーに表示してあります。　◇◇◇

●お問い合わせ
https://www.kadokawa.co.jp/（「お問い合わせ」へお進みください）
※内容によっては、お答えできない場合があります。
※サポートは日本国内のみとさせていただきます。
※Japanese text only

ISBN 978-4-04-074199-4 C0193